KB127410

달리는 강하다

달리는 강하다

김청귤 장편소설

래빗홀
RABBIT HOLE

이 소설을 쓸 수 있도록 원동력이 되어 주신
사랑하는 할머니, 할아버지께
감사 인사를 드립니다.

프롤로그

이 동네에서의 마지막 달리기였다. 운동화 끈을 풀었다가 다시 고쳐 묶고 한 걸음 내디뎠다. 탁 탁 탁, 일정한 리듬감에 맞춰 숨을 들이마시고 내쉬었다. 머릿속이 복잡해도 달리기는 안정적이었다.

기분 탓일까, 오늘따라 유난히 가족끼리 산책하는 사람들이 많이 보였다. 평소에도 비슷한 시간에 사람들이 이 정도 있었을 텐데 최근 엄마 아빠가 이혼을 해서 내 눈에 그렇게 보이는 건지도 모르겠다.

엄마 아빠가 다투면 차라리 이혼하는 게 낫겠다고 종종 생각해서 담담할 줄 알았는데 막상 이혼하니 기분이 이상하긴 했다. 아빠를 선택하면 10년 정도 산 이곳에서 그대로 지낼 수 있었지만,

나는 할머니와 지내고 싶었기 때문에 엄마를 따라가기로 했다.

엄마와 아빠는 내게 충분한 사랑을 주기에는 너무 바빴다. 내가 어렸을 때는 다행히 할머니가 가까이 계셔서 날 돌봐 주셨다.

할머니의 손을 다 잡을 수 없을 정도로 내 손이 작았을 때, 할머니가 검지와 중지를 내밀면 그 손가락들을 야무지게 움켜쥐고 시장을 천천히 돌아다녔다. 할머니의 단골 가게 주인아주머니가 주는 사탕을 입에 넣고 신나게 녹여 먹으면서.

그렇게 나는 할머니의 손을 잡고 세상을 구경했고, 할머니가 해 주는 음식을 먹으며 자랐다. 텅 빈 집에서 엄마 아빠가 돌아오는 걸 기다리는 것보다 할머니 품에 안겨 자는 날이 많았고, 내일은 어떤 간식을 먹을지, 할머니와 어디를 갈지 기대하며 잠들었다.

아홉 살에서 열 살이 되는 겨울, 할머니와 멀리 떨어져야 한다고 했을 때는 세상이 떠나가라 울었다. 다른 지역으로 이사를 한 후에도 부모님은 여전히 너무 바빴고, 적응하기 어려운 학교에서 돌아온 나는 하루 종일 학원과 학원을 돌며 외로움을 스스로 달래야 했다. 아빠가 엄마에게 "결혼하고 애를 낳았으면 잘 돌봐야지"라고 말하면 엄마는 "애만 낳으면 당신이 다 한다고 했잖아"라며 차분하게 대꾸했다. 방문 뒤에 숨어 숨죽여 울던 밤이면 할머니의 품이 더욱 그리웠다. 할머니라면 날 울게 하지 않았을 텐데.

울어도 나를 달래 주는 사람은 없었다. 그래서 언제부턴가 두 분이 싸울 때마다 밖으로 나가 뛰기 시작했고 그런 시간이 쌓여서 오랫동안 아주 잘 달릴 수 있게 되었다.

마지막 스퍼트로 숨이 찰 만큼 빠르게 달리다가 천천히 속도를 줄여 운동장 한쪽 운동기구가 모여 있는 공간에 멈췄다. 거세게 뛰는 심장을 느끼며 호흡을 가다듬고 철봉에 매달렸다. 턱걸이 열 개씩 두 세트에 스트레칭까지 한 뒤 숨을 크게 들이마시고 내쉬었다. 몸을 움직였더니 머리가 훨씬 가벼워졌다.

"이제 돌아가자."

집으로, 할머니한테로.

1

드디어 엄마와 나의 고향이자 할머니가 계시는 태전으로 이사를 왔다. 고3이라는 중요한 시기에 생활 환경이 바뀌었지만 아무래도 상관없었다. 할머니와 같이 살 수 있다는 사실이 나에게는 가장 중요했으니까.

다만 4월 말 중간고사 기간에 전학을 온 탓에 반에서 붕 뜬 기분이었다. 다들 시험공부하느라 정신이 없었고, 반장도 나를 챙기는 게 귀찮은 눈치였다.

"전학생 공부 잘하려나?"

"시험 기간에 왔는데 잘 보겠어? 밑에서 성적이나 깔아 주면 좋겠다!"

화장실 문을 열고 나왔다. 나에 대해 떠들던 아이들이 입을 다물고 눈동자만 굴렸다. 그 후에 자기들끼리 무슨 이야기를 했는지 나와 반 아이들과의 벽은 더 높아졌다. 나 역시 아이들과 친해지기 위해 노력하지 않을 테니 상관없었다. 나는 이미 엄마 아빠의 이혼에 안도감과 서글픔으로 많이 지친 상태였고, 어차피 몇 개월만 지나면 다시는 보지 않을 사이라 생각했기 때문이다.

시험이 끝난 뒤에도 혼자서 교실을 이동하고 혼자서 밥을 먹었다. 오히려 아무도 나에게 관심을 보이지 않는 것이 편했다. 육체적인 괴롭힘이나 노골적인 따돌림을 당하지 않는 것만으로도 다행이라고 생각했다.

4교시 수업의 끝을 알리는 종이 울리자마자 아이들은 야생마처럼 급식실로 뛰었다. 나는 자리에 앉아 따뜻한 봄바람을 맞으며 멍하니 창밖을 바라봤다. 교실에는 몇 명이 더 있었다. 여자아이 세 명이 한 남자아이를 둘러싸고 문제를 어떻게 푸는지 묻는 중이었다.

"은우야, 진짜 고마워! 네가 선생님보다 설명을 더 잘하는 것 같아."

"아니야. 선생님이 나보다 더 쉽게 알려 주셨을 거야."

"아무튼 고마워! 너는 대체 못하는 게 뭐야? 얼굴도 잘생겼지, 공부도 잘하지, 설명도 잘하지. 왜 여자친구 안 사귀어?"

"맞아. 3반 최혜지가 고백을 했다는데 진짜야? 이번에도 거절

했어?"

"하하⋯⋯. 이제 물어볼 거 없지?"

"아! 있어, 있어! 이거 말이야⋯⋯."

진짜로 모르는 게 있어서 물어보는 건지, 은우라는 애랑 말을 섞으려고 하는 건지 모르겠다. 순간 그 남자애와 눈이 마주쳤다. 난감해 보이는 눈빛을 보니 무언의 도움을 요청하는 것 같았다. 하지만 남자애와 내가 딱히 접점이 있는 것도 아닌데 왜 저러나 싶었다. 화장실에 가려고 자리에서 일어나는데 그 순간 말소리가 뚝 끊겼다. 이어서 수군대는 소리가 들려왔다.

"뭐야, 쟤 표정 봤냐? 우리 시끄럽다고 저러는 거야?"

"그러니까. 교복도 저게 뭐야? 누가 저렇게 치렁치렁하게 다니냐고."

"재수 없어."

"왜 그래. 밥 먹으러 가는 거겠지."

"은우야, 너 왜 이렇게 착한 거야! 여자친구는 대학생이 되면 그때 만들어, 알았지? 우리 졸업할 때까진 만인의 아이돌로 남아 줘!"

나에 대해 욕을 하든 변호를 해 주든 신경 쓰지 않고 교실에서 나왔다. 줄이지 않은 치맛자락이 다리에 휘감겼다.

이사를 왔다고 해서 특별하게 달라지는 건 없었다. 아침에 일어나면 할머니가 차려 주신 밥을 먹고 학교에 갔다가 집에 돌아오면 할머니와 함께 산책을 하거나 청소기 밀기, 멸치 똥 따기 등의 간단한 집안일을 했다. 엄마를 닮아선지 요리에는 영 소질이 없었다. 대신 내가 열심히 손질한 멸치는 된장찌개나 잔치국수 국물로 진하게 우러났다. 작은 식당을 했던 할머니의 요리는 뭐든 맛있었다.

그중 최고는 김치였다. 할머니는 철마다 배추김치, 열무김치, 파김치, 동치미, 깍두기, 고들빼기김치 등을 담가 택배로 보내 주셨다. 엄마 아빠는 집에서 식사를 하는 일이 드물어서 김치는 모두 내 몫이었다. 그 덕분에 끼니를 거르지 않았고, 혼자 먹는 시간도 외롭지 않았다.

취미가 김치 담그기인가 싶을 정도로 자주 담가서 할머니는 혼자 살면서도 김치냉장고가 두 대나 있었다. 거기에는 우리 할머니 김치뿐만 아니라 다른 집 할머니들의 김치도 있었다. 손이 큰 할머니가 많이 만들어 다른 사람에게 나눠 주자, 그걸 받고 반찬이며 과일, 김치 등 자신의 것을 가져온 것이다. 한 동네에서 몇십 년 동안 살면서 서로가 가족처럼 지내서 그런지 할머니의 집은 우리가 오기 전까지 늘 북적거렸다.

엄마와 내가 할머니 집으로 들어온 이후 할머니는 마음고생한

딸과 손녀를 위해 요리하느라 주방을 벗어나지 않았다. 감자조림, 고구마줄거리무침, 제육볶음, 시래깃국, 된장찌개……. 특별한 게 들어가지 않는데도 왜 그렇게 맛있던지. 배가 불러도 계속 먹게 되는 할머니의 음식 솜씨는 누구도 흉내 낼 수 없었다.

나는 할머니와 살게 되어 정말 좋았는데 엄마는 따로 떨어져 산 시간이 길어서인지 할머니와 생활 방식이 맞지 않는 것 같았다. 엄마는 근처에 괜찮은 집이 있으면 이사 갈 예정이라고 했다. 할머니는 친구들 불러서 수다 떨게 얼른 나가라며 투덜거렸지만, 돌아서면 엄마가 좋아하는 잔치국수를 만들기 위해 불 앞을 서성거리며 육수를 끓였다.

"하다야, 엄마가 집 구해도 할머니랑 살 거지?"

"응. 난 할머니랑 같이 살 거야."

그렇게 말하며 할머니를 끌어안으면, "우리 강아지" 하며 엉덩이를 두드려 주었다. 나는 그 손길이 참 좋았다. 그러면 엄마는 마음대로 하라는 듯 고개를 끄덕였다. 내 생각을 충분히 존중한다는 듯 무게 실린 움직임이었다. 내가 원하는 대로 되었는데도 왜 마음 한구석이 허전한 걸까. 이해할 수 없었다. 다 컸는데도 엄마의 사랑을 갈구하는 내가 싫어서 머릿속으로 자유롭게 달리는 상상을 했다. 계속, 계속.

다음 날, 근처 강가에 나가 뛰기로 했다. 얼마 전에 봄비가 많이 내려서 그런지 강물이 세차게 흘렀다. 그 소리를 들으며 달리니 온몸으로 맞는 바람이 더 시원하게, 바닥을 박차는 몸은 더 가볍게 느껴졌다. 강변에는 나처럼 혼자인 사람부터 친구나 연인, 가족 등 함께 걷거나 뛰는 사람들이 많았다. 그중 길 한가운데 가만히 서 있는 할머니 한 분이 눈에 띄었다. 사람들은 방해가 된다는 듯 할머니를 힐끗 보더니 그 옆을 스쳐 지나갔다.

혹시 어디가 불편하신 걸까? 나는 지켜보다가 시선을 돌리고는 다시 달리기 시작했다. 가로등 덕분에 밤인데도 환했다.

한 시간 정도를 달린 다음 마무리 스트레칭을 했다. 아까 그 할머니는 집으로 돌아갔는지 보이지 않았다.

바람은 시원했으나, 몸은 아직 열기가 남아 뜨거웠다.

거리로 나오자 차 소리, 사람들의 말소리, 바람 소리, 이파리 바스락거리는 소리가 귓가를 스쳤다. 집 앞에 있는 슈퍼에서 이온음료를 사 천천히 마셨다. 수분이 들어가니 한결 나았다. 발개진 얼굴을 하고 아파트 공동현관으로 들어가 엘리베이터를 탔다. 19층을 누르고 닫힘 버튼을 누르려는데 현관 출입문이 열리며 누군가 들어왔다. 같은 반 남자아이였다. 이름이 이은우……였던가?

이은우는 점심시간이 되면 급식실로 뛰어가지 않고 늘 자리에 앉아 있었다. 쉬는 시간이 되면 우르르 몰려온 남자아이들의 게

임이나 축구 얘기를 그저 웃으면서 듣고 있거나, 여자아이들에게 수학 문제 풀이를 설명하는 걸 봤다.

다정한 목소리에 욕도 쓰지 않고 늘 친절하게 웃는, 잘생긴 애. 여자애들이 모여 꺅꺅 소리를 내면 대부분 저 아이의 얘기를 하고 있는 것이다. 학교에서만큼은 아이돌보다 인기가 더 많았다. 저렇게 착하고 잘생긴 데다 공부까지 잘하니 당연한 건지도 몰랐다.

교실에서 화제의 중심이기 때문에 가끔 나도 모르게 시선이 갈 때가 있었다. 몇 번 눈이 마주칠 때마다 눈인사를 해 주는 이은우를 매몰차게 대할 수 없어 눈만 깜빡이고 시선을 돌리곤 했었다.

이은우는 엘리베이터 안의 나를 보고 잠시 멈췄다가 다시 천천히 걸었다. 집을 나서는 시간이 다른 건지 등교하면서 한 번도 마주친 적이 없었는데, 같은 아파트에 살고 있었나? 이 시간에 친구네 집에 놀러 온 건 아닐 테고. 1층에 사는 건가? 여러 물음표가 떠오르는 동안 엘리베이터 문은 서서히 닫혔다.

이은우의 발걸음이 빨라지지도, 기다려 달라고 말하지도 않는 걸 보니 높은 확률로 1층이 집이라는 생각이 들었다. 좁아지는 문틈 사이로 고개를 푹 숙인 이은우의 모습이 보였다.

그날 이후로 이은우와 더는 눈이 마주치는 일은 없었다. 반 아

이들은 여전히 나에게 별 관심이 없는 데다가 다들 자기 공부하
느라 바빴다.

하지만 아무래도 좋았다. 아이들과 억지로 친해지려고 관심 없
는 아이돌 소식을 검색하거나, 예능이나 드라마를 챙겨 보지 않
아도 되니 오히려 편했다. 달리고 싶을 때 달리고 할머니랑 같이
산책하고…….

이런 평화로운 일상이 계속될 줄 알았다. 오래도록.

할머니가 저녁으로 찌개를 끓이는 동안 나는 식탁에 수저를
놓았다. 그때 핸드폰에서 진동음이 요란하게 울렸다. 엄마인가
싶었는데 안전 안내 문자였다.

[태전경찰청]

서구에서 배회 중인 박진효 씨(남, 82세)를 찾습니다.

173cm, 76kg, 남색 점퍼, 검정색 바지, 허리 많이 굽음 (☎ 182)

"엄마니?"

"아니, 어떤 할아버지를 찾는다네."

"아이고, 어제도 누구 찾는다고 문자 오더니."

"응. 어제는 어떤 할머니."

실종자 발생 문자는 사람을 찾을 때만 보내기 때문에 그 이후에는 실종자가 무사히 집에 들어갔는지 알 수 없었다. 핸드폰을 주머니에 넣고 보글보글 끓는 찌개를 식탁으로 옮기는데 태전방송에서 거리를 배회하는 노인들에 대한 내용이 흘러나왔다.

"오늘 오후 동하아파트 근처에서 한 시간 넘게 배회하는 60대 노인을 보고 지나가던 행인이 경찰에 신고했습니다. 보호자와 연락이 바로 닿아 경찰이 집까지 무사히 모셔다드릴 수 있었습니다. 최근 길거리를 배회하는 노인들이 증가하고 있습니다. 시민 여러분께서는 수상한 노인이 보이면 그냥 지나치지 말고 가까운 경찰서에 신고를 부탁드립니다."

할머니는 올해 일흔다섯이다. 허리도 꼿꼿하고 무릎도 튼튼해서 걸어 다니는 데 문제가 없다. 가끔 핸드폰이나 리모컨을 어디에 두었는지 깜빡하실 때가 있지만, 어제 뭘 먹었는지, 냉장고에 뭐가 있는지, 105동 할머니 손자가 무슨 일을 하는지 한번 들은 건 다 기억하고 계셨다. 그래서인지 할머니가 거리를 정처 없이 헤매고 있는 모습이 좀처럼 그려지지 않았다.

"근데 엄마는 언제 온대?"

"그러게. 아까 오는 중이라고 하더니."

때마침 핸드폰 진동이 울렸다. 엄마였다. 전화를 받아 스피커 버튼을 눌렀다.

"엄마, 어디쯤이야?"

"하다야, 엄마 오늘 못 들어갈 것 같아. 미희 이모 알지? 저번에 같이 밥 먹은 엄마 친구. 미희 이모 어머니가 돌아가셨대. 그래서 지금 장례식장 가는 길이야."

"아이고……. 장례식장은 어디야?"

할머니가 안타깝다는 듯 혀를 차며 말했다.

"익제래."

"운전해서 가는 거야? 버스 타고 가지?"

"고속도로 운전도 해 봐야지. 천천히 조심해서 갈 거야."

"그려, 밤이니까 운전 조심히 하고. 가서 미희 잘 위로해 주고 와."

"네. 다녀올게요. 하다야, 할머니 말씀 잘 듣고 있어."

"알았어. 도착하면 연락해."

통화가 끝나고 할머니와의 저녁 식사 시간은 조용했다. 엄마 친구의 어머니면 할머니와 비슷한 나이일 텐데 돌아가셨다는 말을 들어서인지 할머니의 기분이 가라앉은 것 같았다. 저녁을 먹고 할머니가 뒷정리와 설거지를 하기 전에 등을 떠밀어 거실로 갔다. 평소였다면 할머니가 하겠다며 수세미를 빼앗았을 텐데 힘없이 텔레비전 앞 소파에 앉는 걸 보니 속상했다. 나는 얼른 냉커피를 타서 할머니에게 건넸다.

"할머니, 엄마 없으니까 한 잔 주는 거야."

"아이고, 고마워라. 우리 손녀딸이 최고네."

엄마는 할머니가 커피믹스를 하루에도 몇 번씩 타서 마시는 걸 못마땅해했다. 설탕 덩어리라느니, 그걸 마시니까 밤에 잠을 못 주무시는 거 아니냐며 잔소리를 해 대는 통에 할머니는 못 이기는 척 물을 마셨다. 하지만 가끔은 먹고 싶은 거 먹고 죽을 거라며 신경질을 냈다. 나는 그 마음을 알면서도 할머니가 오래오래 살길 바랐기에 건강 문제만큼은 엄마 편을 들 수밖에 없었다. 그래도 좋아하는 걸 자주 못 먹는 건 서운하니까 오늘처럼 할머니를 위로해야 할 것 같을 때는 커피믹스를 타 드리기도 했다.

할머니 옆에 앉아 함께 드라마를 봤다. 화면 아래에는 뉴스 헤드라인이 천천히 흐르고 있었다. '70세 노인이 지나가는 시민 공격, 시민 중태' 문구가 '문우동 교차로에서 4중 추돌'과 '내일 날씨 맑음, 미세먼지 농도 좋음'이라는 문장에 순식간에 밀려났다.

할머니는 보통 밤 10시가 되면 주무셨는데, 엄마가 장례식장에 무사히 도착했다는 연락이 올 때까지 깨어 있을 모양인지 의미 없이 채널을 이리저리 돌렸다. 이혼과 동시에 운전면허를 딴 초보 운전자 엄마가 밤에 고속도로를 운전하는 게 불안했기 때문이다. 나도 숙제가 손에 잡히지 않아 할머니 옆에서 이거 보자, 저거 보자 말을 얹고 있었다. 다행히 11시쯤 엄마에게 도착했다는 전화가 왔다.

"엄마, 내일 올 거야?"

"미희가 쓰러져서 내일 하루 연차 냈어. 옆에 있어 주려고."

내가 어릴 때 열나고 아팠을 때도 회사에 갔으면서……. 서운하긴 했지만 티를 내지는 않았다. 나는 이제 다 컸으니까.

"……알았어. 너무 무리하지 말고."

"그려. 미희 잘 위로해 주고."

"응. 엄마도 얼른 자. 하다 너도."

소파에 앉은 채로 꾸벅 졸던 할머니는 엄마와 통화가 끝나자마자 하품을 하며 방으로 들어갔다. 나도 식탁에서 새벽 2시까지 숙제를 하다가 침대에 누웠다. 하지만 쉽게 잠이 오지 않았다. 생각은 자연스럽게 엄마에게로 흘렀다.

시간에 상관없이 어디든 차를 몰고 갈 수 있게 된 엄마가 신기했다. 아빠와 살 때부터 운전을 할 줄 알았다면, 가슴이 답답해질 때마다 차를 몰고 어디론가 떠났다 돌아왔다면, 우리 가족은 조금은 더 잘 지낼 수 있었을까. 아니, 어쩌면 엄마는 더 빨리, 혼자 먼 곳으로 갔을지도 모르겠다.

오늘 꿈에 엄마와 아빠가 나왔다. 다 같이 바다를 보러 가기로 약속해 놓고 엄마는 차를 천천히 몰며 동해로, 아빠는 빠르게 몰고 서해로 사라졌다. 나는 엄마와 아빠가 사라진 방향을 번갈아 쳐다보다가 운동화 끈을 고쳐 매고 앞을 향해 뛰기 시작했다. 어느 순간부터는 할머니가 내 등에 업혀 있었는데 하나도 힘들지 않았다. 그렇게 뛰어서 푸른 바다 앞에 도착했다. 바다에서 즐겁게 놀던 사람들이 우리를 반겼다. 함께 물장구도 치고 모래집도 만드는, 행복한 꿈이었다.

기분 좋은 꿈이었지만 잠을 깊게 못 잔 터라 피곤했다. 담임 선생님 시간이라 안 졸려고 안간힘을 썼더니 더 힘들었다. 수업 종료를 알리는 종이 울리기 무섭게 연달아 하품이 나왔다. 손으로 입을 가리고 하품을 하는데 목 스트레칭을 하던 이은우와 눈이 마주쳤다. 이은우는 나를 쳐다보려고 한 게 아니라는 듯 자연스럽게 시선을 돌렸고, 나도 아무렇지 않게 눈물을 닦았다. 그때였다. 여기저기에서 안전 안내 문자 수신음이 울렸다. 핸드폰을 확인하는데 내용이 조금 이상했다.

[태전 긴급]
길거리에서 배회하는 노인에게 가까이 다가가지 말 것.
공격성을 보일 수 있음.

어느 길거리에 어떤 노인을 조심하라는 걸까? 꼭 장난 메시지 같았다. 다음 수업을 위해 화장실에 가서 세수라도 하고 오려고 자리에서 일어나는데 복도에서 비명이 들렸다.

"경비원 할아버지 미쳤나 봐!"

한 아이가 날카롭게 소리쳤다.

"선생님! 도와주세요!"

"아파요, 이거 놔요!"

난데없는 소란에 교실 안에 있던 아이들도 우르르 복도로 몰려나갔다. 교실 밖을 나가는 게 버거울 정도였다. 문 앞에 선 아이들 사이를 비집고 나가는데 누군가 등을 밀어서 넘어질 뻔했다.

"앗! 미안해. 괜찮아?"

누군지 확인하니 이은우였다. 나는 고개만 끄덕인 후 아이들을 뚫고 화장실쪽으로 갔다. 이은우도 화장실을 가려는지 나를 계속 따라왔다. 넘어질 뻔한 상황에서는 내 어깨를 잡고 지탱했다. 그 탓에 몸이 앞으로 여러 번 쏠렸다.

"정말 미안……."

짜증이 났지만 어쩔 수 없는 상황인 걸 알기에 나는 아무 말도 하지 않고 화장실까지 갔다. 화장실에 있던 아이들이 내 어깨를 밀며 복도로 나왔다.

"경비원님, 진정하세요! 김 선생, 그쪽 팔 좀 잡아 봐!"

"갑자기 왜 이러세요. 말로 하세요, 말로! 학생이 뭘 그리 잘못…… 으악!"

"꺄아아악! 피, 피다!"

'피'라는 말에 소란스러웠던 공기가 순식간에 얼어붙었다. 잠시 적막이 흐르던 복도에 다시 비명이 울려 퍼졌다.

"도망, 도망가!"

"밀지 마, 넘어진다고!"

"좀비다!"

"얘들아, 몰려서 가지 말고 순서를 지켜서 운동장으로 나가! 그게 더 빠르고 안전해!"

선생님이 소리쳐도 소용없었다. 교실 안으로 들어가려는 아이들과 밖으로 나가려는 아이들이 부딪치고 넘어지며 아수라장이 되었다. 아이들의 비명 사이로 기괴한 소리가 들렸다. 영화에 등장하는 괴물의 울음소리 같았다. 누군가 또 공격을 당하는지 고통에 찬 소리를 질렀다.

지금 복도로 나가면 밀려서 더 큰 사고가 날 것 같았다. 조금만 더 화장실에 있다가 나가려고 서 있는데 그 기괴한 소리가 점점 가까워졌다. 문 앞에서 고개를 내밀어 보며, 화장실 안에 숨어 있는 것과 나가는 것 중 뭐가 나을지 고민하는 사이, 남자 화장실에서 고개를 내민 이은우와 눈이 마주쳤다.

영화에서 사람이 숨어 있는지 모르고 그냥 지나가는 괴물도 있었고, 어떻게든 찾아내는 괴물도 있었다. 실제 상황인 지금은 불

확실한 것보다 넘어지거나 깔릴 위험이 있어도 도망가는 게 나을 것 같았다. 내가 복도로 한 발 내밀자 이은우도 한 발 내밀었다. 화장실 밖으로 나오는 순간, 도망가는 인파에 또다시 휩쓸렸다.

"현수야, 같이 가!"

쉬는 시간이 되면 제일 먼저 이은우 옆에 가서 게임 이야기를 하던 남자애였다. 어떤 아이템을 얻었고, 보스를 잡느라 몇 번을 죽었는지 모르겠다며 떠들어 댔다. 이은우는 그 게임을 하는 것 같지 않았지만, 인상 한번 찌푸리지 않고 웃으면서 들어 주었다. 하지만 지금 그 남자애는 이은우가 불러도 뒤돌아보지도 않고 뛰어갔다. 그 애뿐만 아니라 이은우에게 친한 척하던 아이들이 다 쌩하니 도망갔다.

뒤를 돌아보니 경비원 할아버지가 이상하게 꺾인 팔을 마구 휘두르고 있었다. 인구밀도가 높은 탓에 조금만 휘둘러도 공격당하는 아이들이 많았다. 손안에 작은 칼이라도 쥐고 있는 건지 아이들의 얼굴과 팔에서 피가 흘러내렸다. 이미 공격당했는지 복도에 쓰러진 선생님들과 아이들이 보였다. 피범벅이 되어 쓰러진 모습은 영화나 드라마에서 본 것보다 더 강렬했다. 공격하는 사람은 한 명뿐이었지만 모두가 패닉에 빠져 제지할 생각은 못 하고 정신없이 도망만 쳤다.

친구들에게 외면당한 이은우는 도움받기를 포기한 것 같았다.

문제는 경비원 할아버지가 이쪽으로 다가오는 속도가 이은우의 걸음보다 더 빠르다는 거였다. 아이들은 계속해서 이은우를 밀치며 복도를 달렸다. 넘어진 이은우와 눈이 마주쳤으나, 체념한 듯 내게 도와 달라는 말도 하지 않았다. 혼자 고개를 숙인 채 벽을 짚고 일어나려 애쓸 뿐이었다. 그 모습을 보니 엘리베이터 문 사이로 고개를 푹 숙였던 며칠 전의 이은우가 떠올랐다. 이런 상황에서도 뛰지 않는 걸 보면 다리가 불편한 것 같았다. 그냥 가려고 했는데 이은우의 표정이 마음에 걸렸다. 차라리 눈에 안 들어왔으면 그냥 갔을 텐데. 도저히 그냥 지나칠 수 없어 한숨을 삼키며 아이들을 거슬러 이은우 앞으로 갔다. 부딪친 어깨가 얼얼했으나 티 내지 않았다.

"야, 못 뛰겠어?"

이은우는 나를 올려보다가 이내 고개를 숙였다. 나는 별다른 말 없이 이은우 앞에 한쪽 무릎을 꿇고 앉은 다음 상체를 숙였다.

"업혀."

"어?"

"빨리!"

망설이는 이은우를 다그쳐 업고 달리기 시작했다. 슬리퍼라서 불편하긴 해도 못 달릴 정도는 아니었는데, 오히려 이은우가 몸을 어설프게 기대니 움직일 때마다 불안정하게 흔들려서 불편했다.

"다리 땅에 안 닿게 잘 올리고 내 등에 꽉 기대!"

그러자 이은우가 조심스럽게 내 목을 끌어안고는 몸을 딱 붙였다. 담임 선생님 수업 시간만 아니었다면 치마 대신 체육복을 입고 있었을 텐데, 잠시 아쉬운 생각이 들었다. 그래도 교복을 몸에 달라붙게 줄였다면 보폭이 좁아 불편했겠지만, 줄이지 않아서 치마가 다리에 휘감기긴 해도 뛰는 데 무리가 없었다. 게다가 고3 교실은 2층에 있어서 재빨리 내려갈 수 있었다. 위층에 있는 1, 2학년 학생들은 고3 수험생이 되면 미쳐서 저렇게 소리를 지르냐고 투덜거리면서 아래층으로 내려왔다가 아수라장이 된 복도를 보고는 하얗게 질린 채 도망쳤다.

나는 이은우를 놓치지 않기 위해 두 팔에 힘을 단단히 주고, 계단에서 넘어지지 않으려 정확하게 발을 디뎠다. 건물에서 벗어나 운동장에 도착해서야 이은우를 내려줄 수 있었다. 뛰면서 슬리퍼가 벗겨졌는지, 이은우는 하얀 양말만 신은 채였다. 잔뜩 움츠러든 발가락을 보며 입을 열었다.

"슬리퍼 한 짝이라도 줄까?"

"아니야. 도와줘서 고마워."

"그래."

안내 방송에 따라 더 많은 선생님들이 나서서 통제했다.

"얘들아, 진정하고. 각자 반끼리 모이자!"

하지만 놀란 아이들을 진정시키는 게 쉽지 않았다. 경비원 할아버지가 사람을 공격하는 걸 직접 본 학생들은 충격에 울음을 터뜨렸다.

"좀비? 좀비라고? 뭐야?"

"너, 너 왜 피가 나? 너 좀비 되는 거 아니야?"

"아니야, 나 좀비 아니야!"

구급차와 경찰차 여러 대가 사이렌을 울리며 운동장으로 들어왔다. 살려 달라고 비명을 지르는 와중에 피를 흘리는 아이에게 손가락질하며 좀비라고 소리치는 등 난장판이 따로 없었다. 영문을 모르고 웅성거리는 학생들이 대다수였으나 경비원 할아버지가 공격하는 걸 본 학생들은 크게 소리 질렀다.

"맞아도 고통을 모르고 계속 공격하는 거 봤어? 좀비 맞다니까."

"미친놈아 좀비가 어딨어. 마약했겠지!"

"집에 갈래요! 무서워서 여기 못 있겠어요!"

어떤 아이가 선생님의 부름에도 아랑곳하지 않고 교문으로 달려가자, 그 뒤를 따라 학생들이 우르르 뛰었다. 선생님들은 남아 있는 아이들을 통제하기 위해 애를 썼지만 역부족이었다.

"우리도 가자. 신발 없는데 걸을 수 있겠어?"

"응, 걸을 수 있어."

이은우가 절뚝거리며 발을 내딛었다.

"혹시 너 돈 있니?"

"응. 있어."

"그러면 큰길 쪽으로 가서 택시 타고 집에 가자. 괜찮지?"

"응."

학교 언덕을 내려온 아이들은 택시를 잡느라 정신이 없었다. 나는 이은우와 택시가 오는 방향으로 거슬러 올라갔다. 다행히 사거리에서 우회전하는 택시를 잡아 탈 수 있었다.

택시 라디오에서는 방금 들어온 소식이라며 도운고에서 어떤 노인이 학생들을 공격해 대피 중이라는 진행자의 말이 흘러나왔다. 원한에 따른 범죄인지, 만취자의 행패인지 조사 중이라는 말에 코웃음이 나왔다. 긴급 속보라고 해도 제대로 취재를 한 것이긴 할까? 아이고 저런 쯧쯧, 택시 기사는 혀를 차다가 우리를 보고 큰 소리로 말했다.

"너희들 도운고 학생이지?"

택시 기사의 목소리에는 노골적인 호기심이 가득했다. 대답을 하고 싶지 않아 가만히 있는데, 예의 바른 이은우가 나서서 그렇다고 대답했다.

"누가 공격한 거야? 칼로 찌른 거야? 직접 봤어?"

"그게……."

택시는 형광 조끼를 입고 길가에 멀뚱하게 서 있는 할머니 할아버지들을 지나쳤다. 혹시 저분들도 갑자기 공격하는 건 아닐까? 복도에 피를 흘리며 쓰러진 아이들이 떠올랐다.

"요즘 뉴스에서 떠들어 대는 수상한 노인 뭐 그런 거야? 안 그래도 노인 조심하라는 긴급 문자가 자꾸 오던데, 혹시 그 노인이 학교로 쳐들어간 거야? 치매 걸린 노인네인가? 말세야, 말세. 늙으면 곱게 죽어야지 원!"

"아저씨. 머리 아프니까 조용히 해 주세요."

내 말이 너무 단호했던 탓일까. 이은우가 당황하는 게 느껴졌다. 택시 기사도 무안했는지, 아니면 교복 입은 어린 학생한테 들은 말에 어이가 없었는지, 흠흠 헛기침을 하고는 라디오 음량을 높였다. 연신 속보라고 나왔지만 새로운 내용은 없었다. 택시 안이 불편해서 집 앞이 아니라 아파트 단지 근처 상가에서 내렸다.

"덕분에 잘 왔어."

"아니야. 너 아니었으면 나는······."

이은우가 애써 웃었다. 울 것처럼 눈이 빨갰는데 눈물을 흘리지는 않았다.

"정말 고마워. 내가 나중에 맛있는 거 사 줄게."

내가 아니었으면 이은우는 위험했을 뻔하긴 했다. 좀비영화처럼 팔다리가 찢기거나 내장이 쏟아지는 끔찍한 장면은 없었지만, 피를 흘리고 복도에 의식을 잃은 채 누워 있던 사람들을 떠올리면 소름 돋고 무서웠다. 어쩌면 이은우도 그중 한 사람이 될 수도 있었다. 게다가 친구라고 생각했던 아이들이 그냥 지나간 것도 배신감에 힘들었을 것 같다. 나는 무슨 말을 해야 할지 몰라 그냥 가만히 서 있다가 입을 열었다.

"시원한 거 마실래? 내가 사 올게."

"같이 가자. 슬리퍼도 사야 할 것 같아."

편의점에서 원 플러스 원 하는 걸로 사려는데 이은우가 카페로 가자고 했다. 이은우는 아이스아메리카노를, 나는 레모네이드를 주문했다. 우리는 카페 옆 편의점에 들러 슬리퍼를 사서 신고 아파트 단지 안으로 천천히 걸었다.

"핸드폰도 놓고 왔어? 그러면 아무것도 못 들고 온 거야?"

"어. 너만 들고 왔어."

"앗……."

이은우의 하얗고 투명한 볼에 홍조가 생겼다. 아이들의 찬양에도 친절하게 웃기만 하길래 부끄러움이나 수줍음을 모르는 줄 알았는데 의외였다. 근데 왜 빨개지는 거지? 내가 얼굴을 빤히 보자 더 당황했는지 커피를 벌컥벌컥 들이켰다. 이은우의 속도에 맞춰 걸으면 집에 도착하는 게 한세월이겠다 싶었지만, 어쩐지 답답하다는 생각은 들지 않았다.

"내일 학교 못 가겠지?"

"이런 상황에서도 모범생은 다르네. 괜찮지 않을까? 경찰도 출동했잖아."

나는 음료를 마신 뒤 말했다.

"애들이 좀비라고 소리치긴 했지만, 약 부작용 같은 건 아닐까? 아니면 아까 택시 아저씨 말대로 치매이거나. 조사도 해야 하고 분위기도 안 좋으니까 내일은 휴교할 것 같은데. 늦잠이나 자야지."

"너 강심장이구나."

너무 큰일을 겪었기 때문일까. 이은우와 학교 다니면서 말 한 마디 하지 않았는데, 대화가 끊이질 않았다. 좋아하는 학교 급식 메뉴부터 근처에 있는 맛집까지 주제를 넘나들며 얘기했다. 그러다 보니 어느새 집 앞이었다.

"이은우, 너 나랑 같은 동에 사는 거 맞지?"

"응."

엘리베이터는 1층에 있었다. 올라가는 버튼을 누르자 문이 열렸다. 이은우가 타는 걸 보니 1층에 사는 건 아닌 것 같았다. 이은우가 20층을 누르고 내가 19층을 눌렀다.

"바로 윗집이었네."

"응. 맞아."

그 말에 나 혼자 엘리베이터를 타고 간 날을 떠올렸다.

"기다려 달라고 말했으면 기다려 줬을 텐데."

"그것도 이제 알아."

그렇게 말하며 배시시 웃는 모습에서 골든 리트리버가 연상되어 혀끝을 깨물었다.

"학교에서 무슨 연락 오면 알려 줘."

"응. 진짜 고마워. 정말로."

19층에 도착했다. 엘리베이터에서 내려 현관문 앞에 섰는데 이은우가 열림 버튼을 누른 채 계속 손을 흔들고 있었다.

"안 올라가?"

"아, 올라가야지! 푹 쉬어!"

허둥지둥하는 모습은 처음이었다. 이은우는 닫힘 버튼을 누르면서도, 문이 완전히 닫힐 때까지 손을 흔들었다. 나도 모르게 피식 웃음이 삐져나왔다.

할머니가 마실을 나가셨는지 집이 조용했다. 안전 안내 문자도 오고 학교에서 경비원 할아버지가 아이들을 공격하는 걸 보니 걱정이 되었다. 할머니한테 연락하고 싶었으나 핸드폰이 없어서 할 수 없었다. 때마침 띠리릭 도어록 소리가 나며 현관문이 열렸다.

"하다야? 이 시간에 왜 집에 있어?"

"학교에서 일이 생겨서 일찍 끝났어. 별일 없었지?"

"할머니야 별일 없었지. 왜, 학교에서 무슨 일이 있었길래 집에

온 거야?"

"별거 아니야. 할머니 나 배고파. 짬뽕 시켜 먹자."

할머니를 걱정시키지 않기 위해 배고프다며 말을 돌리자 할머니는 곧바로 단골 중식당에 전화를 했다.

우리는 짬뽕과 탕수육을 맛있게 먹고 엄마와 통화했다. 밥 굶지 말고 챙겨 먹으라는 말과 핸드폰을 학교에 두고 왔다는 말도 잊지 않았다. 엄마는 학교에서 벌어진 일을 벌써 들었는지 무슨 말을 하고 싶었으나, 스피커폰 상태라는 걸 알기에 말을 삼켰다. 그렇다고 할머니만 쏙 빼놓고 통화하는 것도 눈치가 보였다. 엄마는 내일 집으로 돌아올 예정이라고 했다. 전화를 끊고 할머니와 함께 커피를 마셨다. 이렇게 있으니 아까 있었던 일이 다 꿈 같았다.

"하다야, 저 말이 무슨 뜻이냐?"

낮잠을 자고 있는데 할머니가 황급히 깨웠다. 잠에 취한 채 할머니에게 이끌려 거실로 나가 소파에 앉았다.

눈을 비비고 텔레비전을 보니 드라마 하단에 '속보, 태전 0시를 기점으로 봉쇄 조치'라는 자막이 작게 띄워져 있었다. 영문을 알 수 없어 눈살을 찌푸리며 채널을 돌렸다. 다른 채널에서는 드라마, 홈쇼핑, 예능이 방영 중이었다. 오직 태전 지역방송에서만 자세한 이야기를 들을 수 있었다.

"다시 한번 말씀드립니다. 오전 10시 30분, 정부에서 태전을 특별재난구역으로 선포하고 봉쇄하기로 결정했습니다. 정부에서 발표한 내용에 따르면 태전에 거주하고 있는 65세 이상의 시민에게 공격성을 띤 이상증상이 발생되고 있으며, 전염성을 가지고 있다고 합니다. 정부에서는 내일, 0시를 기점으로 태전을 봉쇄 조치한다고 합니다. 지금까지 밝혀진 바에 의하면 65세 미만은 변이하지 않기 때문에 도시를 빠져나올 시간을 마련했다고 합니다. 시민 여러분께서는 당황하지 마시고 차분하게 이동하시면 됩니다. 65세 미만이며 자차가 있는 분들은 서태전 IC와 북태전 IC로 빠져나가시기 바랍니다. 남태전 IC와 동태전 IC는 대형 버스만 이동이 가능합니다. IC에서는 신분증을 확인하므로 꼭 챙기셔야 합니다. 각 동의 행복주민센터에서 버스가 30분 간격으로 출발한다고 하니, 대중교통을 이용할 시민분들은 참고하시기 바랍니다. 태전 시민은 일주일간의 격리 조치 후 다른 도시로 이동이 가능하므로 필요한 물품을 챙기시고 질서 정연하게 이동하시기 바랍니다."

남자 앵커는 같은 말을 반복하고 있었다. 화면에서는 학교, 병원, 마트, 길거리 등에서 사람을 공격하는 노인들의 영상이 나오고 있었다. 옆의 노인이 자신을 공격할 거라 생각하지 못한 사람들은 몸을 피하다가 피를 보거나 같이 싸우다가 쓰러졌다. 빠르게 지나가는 영상들 속 노인들은 수십 명이었다. 뉴스에 나오지 않은 노인들이 더 많을 터였다. 바깥에서는 빨리 비키라는 비명과 귀를 찢을 듯한 클랙슨 소리가 불규칙적으로 울렸다.

아무 말도 할 수 없었다. 갑자기 내일, 아니 몇 시간 뒤면 도시가 봉쇄된다고? 노인들이 공격한다는 이유로? 경비원 할아버지도 감염되어 사람들을 공격한 걸까? 정신을 차릴 수가 없었다. 그때 할머니 핸드폰이 요란하게 울렸다. 엄마였다. 할머니 대신 전화를 받아 스피커폰 모드로 변경했다.

"엄마."

"하다구나. 엄마 말 잘 들어. 침착하게 필요한 것만 챙겨서 할머니랑 주민센터로 가."

"65세 이상은 못 떠난대."

"뭐? 속보로 뜬 기사에는 그런 말 없었는데? 태전에 문제가 있어서 대피하는 거 아니었어?"

"태전방송 보고 있는데, 65세 미만인 사람들만 대피 가능하대."

핸드폰 너머에서 엄마가 호흡을 가다듬는 소리가 들렸다. 할머니는 75세로 태전을 빠져나갈 수 없는 나이였다. 엄마는 내게 할머니를 두고 빠져나오라고 할 수도, 사람을 공격하는 좀비들 사이에서 할머니와 함께 있으라고 할 수도 없었다. 아빠와 싸울 때

도 하고 싶은 말을 다 하고, 이혼할 때도 이제 잔소리에서 해방이
라며 웃던 엄마가 우는 게 낯설었다.

할머니는 텔레비전을 보면서 무슨 말인지 이해하기 위해 집중
하고 있었으나, 갑작스러운 상황에 얼굴이 하얗게 질린 채였다.
할머니 손을 잡자 할머니도 반사적으로 내 손을 마주 잡았다. 옛
날에는 할머니의 손이 너무 커서 손가락만 잡고 다녔는데 이제
는 내 손이 더 컸다. 손가락으로 할머니의 주름진 손등을 매만지
면서 말했다.

"엄마, 나 할머니랑 있을게."

"하다야……."

"너무 걱정하지 마. 백신이나 치료제가 나올 수도 있고. 사태가
좀 진정되면 방법이 생기겠지."

"엄마가, 엄마가 어떻게든 집으로 갈게."

"태전 밖은 안전해서 다행이다. 그래도 혹시 모르니까 엄마야
말로 조심해. 이제 끊을게. 버틸 준비를 해야겠다."

앞으로 어떻게 될지 모르니 사랑한다는 말을 하고 싶었지만,
그러면 정말 마지막인 것 같아서 하지 않았다. 한숨을 삼키고 먼
저 전화를 끊었다. 할머니는 본인의 가슴팍을 두드리며 눈물을
흘렸다.

"늙으면 죽어야 하는데…… 여태 살아서 손녀딸 발목을 잡고

있을까 왜……. 할머니는 살 만큼 살아서 괜찮아. 그러니까 너라
도 얼른 가."

"할머니는 늙으면 죽어야지, 이런 소리 절대 안 할 거라며. 나
랑 같이 오래오래 살아야지. 울지 마."

"할머니도 이상해질 수 있잖아. 우리 하다 다치게 하면 어째.
할머니 혼자 살 수 있어. 너희 오기 전에도 혼자 잘 살았어. 그러
니까 얼른 가. 응?"

"할머니 두고 내가 어딜 가. 그리고 할머니는 안 이상해질 거
야. 내가 알아. 그러니까 우리 둘이 잘 버텨 보자."

"모르는 거여……. 왜 이상해지는지도 모르는데, 노인들만 저
렇게 되고 있잖아."

"괜찮을 거야. 나 힘도 세고 달리기도 빨라서 누가 공격하기도
전에 잘 도망 다닐 수 있어. 그리고 할머니는 절대 안 아프다니
까! 그런 생각 절대 하지 마, 알았지?"

할머니를 끌어안았다. 할머니는 나를 토닥거리는지, 때리는지
모를 손길로 내 등을 두드렸다. 나도 할머니의 등을 토닥거렸다.

"괜찮아, 괜찮아……."

할머니는 실컷 울고 나서 평소처럼 저녁 준비를 했다. 다행히
할머니가 요리를 좋아해서 집에는 사다 둔 식재료가 많았다. 밖

에서는 태전을 벗어나려는 사람들로 아우성이었다. 귀를 찌르는 클랙슨 소리와 "비켜요, 비키라고!" 하며 싸우고 욕하는 소리가 끊이지 않았다.

우리는 베란다에 상을 펴서 고기를 구워 먹었다. 낮에 할머니가 사 온 생삼겹살이었다. 앞으로 어떻게 해야 할지 고민해도 모자란데 삼겹살이라니. 고기를 보니까 군침이 돌았는데, 이런 내 자신이 어이없어서 웃겼다. 할머니는 그런 나의 마음을 읽은 듯 말했다.

"이런 상황에서도 배가 고픈 게 웃기지? 웃겨도 잘 먹어야 해. 먹는 게 남는 거야. 힘이 나야 뭐든 할 수 있어."

"알았어. 고기 내가 구울게."

"됐어. 할머니가 구워 줄 테니까 맛있게 먹기나 해. 모자라면 말해. 더 있어."

"응. 할머니도 많이 드세요."

할머니 앞에서 내색할 수는 없었지만 내가 좋아하는 삼겹살을 앞에 두고도 맛을 느끼지 못했다.

이런 신선식품부터 다 먹어야 할지, 얼려서 두고두고 조금씩 아껴 먹어야 할지도 아직은 모르겠다. 아는 것보다 모르는 게 더 많았다. 감염될 수 있는 사람들이 남은 도시에서 어떻게 살아남을 수 있을까. 도시 안에 이상증상을 보이는 사람들은 얼마나 될까. 지금도 누군가는 좀비가 되고 있을까. 우리 할머니는 정말로 무사할까. 할머니가…… 할머니가 좀비가 되면 어떻게 해야 하는 걸까. 답을 알 수 없는 질문들은 모조리 뒤로 던져 버리기로 했다. 그냥 지금은 할머니랑 함께 밥 먹는 것에 집중하기로 했다.

할머니는 10시가 되어 주무시러 방에 들어가셨고, 나는 텔레비전을 켜고 소리를 한껏 줄였다. 화면에는 태전으로 가는 모든 도로가 폐쇄된 장면이 나왔다. 국도나 샛길도 모두 막아 둔 상태였다. 0시부터 통제한다더니 기습적으로 막아 둔 탓에 사람들이 항의하는 모습도 보였다. 사람들을 실어 나른 버스나 폐차 등 있는 걸 모조리 활용해 벽을 만들어 도시를 봉쇄한 상태였다. 우선은 임시로 막은 것이고, 나중에 대대적으로 공사할 예정이라고 했다. 공사가 진행되는 동안 군인이 상주하며 좀비인지, 혹은 예비 좀비인지 알 수 없는 탈주자들은 사살한다고도 했다. 그러니까 협조를 바란다고…….

소파 위에 앉아 무릎을 끌어안은 채 방송을 봤다. 태전방송의 앵커는 감정적으로 많이 흔들리는 모습을 보였는데, 지금 말하는 남자는 이성적이려고 노력해서 그런 걸까, 아니면 자신이 사는 지역이 아니라서 그런 걸까. 냉정하다 못해 감정이 없는 사람처럼 말하고 있었다.

조금 무서워서 눈물이 나올 것 같았지만 참았다. 할머니를 생각해서라도 정신을 똑바로 차려야 한다. 잘 버텨 보자. 텔레비전을 끄고 방으로 들어갔다. 잠이 오지 않았지만 억지로 잠을 청했다. 자고 나서 맑은 정신으로 다시 생각해야지.

2

날이 밝았는데도 조용했다. 베란다로 나가 창밖을 내려다보니 몇몇 사람이 모여 있었다. 거리가 있어서 좀비인지 사람인지 구분하기 어려웠지만, 사람이라면 이 시간에 주차장 여기저기에 가만히 서 있거나 멍하니 배회하지 않을 터였다. 하루 사이에 이렇게 좀비가 많아져 길거리를 돌아다니는 모습이 거짓말 같았다.

건너편 아파트에는 여전히 사람이 있는 걸까? 대부분 집에 커튼이 쳐져 있어서 빈집인지 안에 꽁꽁 숨어 있는 건지 가늠할 수 없었다. 이 동네에는 노인분들이 많이 살아서 대부분 도시를 빠져나가지 못했을 것 같았다. 그렇다고 전부 좀비가 되었다고 생각하고 싶지는 않았다. 우리 할머니부터가 멀쩡하신걸.

소파에 멍하니 앉아 있는데 할머니가 다가와 물었다.

"우리 하다 아침 먹어야지?"

"간단하게 라면 먹을까? 아니다. 라면은 비상식량으로 두고 빨리 상하는 것부터 먹어야 하나?"

"그럼 두부부터 먹자. 할머니가 두부조림 해 줄게."

"좋아."

할머니가 요리를 하는 동안 화장실로 가서 물을 틀어 보고 욕실 변기도 내렸다. 다행히 잘 나오고 잘 내려갔다. 온 집 안의 불을 켰다 꺼 보며 전기도 확인했다. 마지막으로 가스레인지 불을 켜자 타다닥 불꽃이 솟아올랐다.

"다행이다……."

다용도실에는 양파 한 망, 감자도 한 상자나 있었다. 세제도 넉넉했다. 싱크대 수납장을 여니, 라면도 종류별로 여러 개 있었고 소면, 즉석밥, 참치 캔, 스팸도 많았다. 냉동고에는 칸칸마다 생선, 만두, 어묵, 나물, 블루베리, 고기가 가득했다. 김치냉장고에도 배추김치, 열무김치, 깍두기가 두 통씩 있었다. 먹을 거 진짜 많은데? 맨 아래 칸에는 쌀과 잡곡이 있었다. 쌀통이 거의 비어 있었지만 현미나 보리 같은 잡곡은 많았다. 쌀이 떨어지면 즉석밥이나 라면을 먹으면 괜찮을 것 같았다. 봉쇄가 언제 풀릴지는 모르겠지만…….

"할머니, 당분간 식량 걱정은 없겠다."

걱정을 삼키고 웃으면서 할머니를 뒤에서 끌어안았다. 할머니
는 덥다며 비키라고 하면서도 내 팔을 꼭 잡고 두부조림 간을 보
라며 후후 불었다.

"엄청 맛있어! 역시 할머니야!"

밥솥에서 밥을 푸고 식탁에 수저를 놨다. 두부가 졸여지는 사
이 화장지와 샴푸, 칫솔, 생리대 등의 여분도 살폈다.

"생리대도 사야……. 아니네. 필요하면 그냥 가져오면 되겠구
나."

대부분이 빠져나갔을 텐데 누가 출근을 하고 누가 장사를 할
까. 물건을 훔치면 안 되지만, 지금 태전은 봉쇄되었고 바깥에서
필요한 걸 보내 주지 않는 이상 가지고 있는 것만 소비해 살아남
아야 했다. 어떻게든 버틸 것이다.

아침을 먹고 소파에 앉았다. 마음을 굳게 먹었지만, 아직 현실
감이 없었다. 혹시 새로운 소식이 있나 텔레비전을 틀자, 앵커와
태전시장이 뉴스 데스크에 앉아서 지금 상황에 대해 대담 중이
었다. 나는 얼른 소리를 키웠다.

"오늘 오전 10시 정부에서 브리핑을 했습니다. 0시를 기점으로
봉쇄한다고 했으나 그보다 두 시간 빠른 어제 오후 10시에 봉쇄
조치를 했습니다. 태전을 빠져나오지 못한 사람이 꽤 많을 텐데

요. 시장님께서 자세히 설명해 주시겠습니까?"

"정확한 시기를 따질 수는 없지만 약 한 달 전부터 태전에서는 65세 이상의 노인들이 사람들을 공격했다고 합니다. 도시를 봉쇄하기 일주일 전부터 그 수가 급격하게 증가했는데요, 당시에는 그저 거리를 배회하는 노인이나, 치매를 앓는 노인이라고 생각해 경찰서, 병원 등으로 인계했습니다. 그러나 인계 후에도 여전히 공격성을 보였고 그로 인해 다친 사람들이 많았다고 합니다. 65세 이상인 사람들이 공격성을 보였을 때 이상을 느끼고 문제의 원인을 찾아야 했는데 안타깝게도 골든 타임을 놓친 듯 보입니다. 제가 신속하게 상황을 파악하고 대처해야 했는데 그러지 못했습니다. 이 자리를 빌어 국민 여러분께, 특히 가장 고통받고 계신 태전 시민 여러분께 심심한 사과의 말씀을 드립니다."

"지금은 지난 일보다 앞으로의 대책을 세워야 할 때입니다. 이 증상이 전국적으로 퍼질 가능성도 있습니까? 혹시 이미 다른 도시에도 같은 일이 발생하고 있는 건 아닐까요?"

"그렇지는 않을 것입니다. 노인들이 사람을 공격하는 것에 대해 다양한 추측을 하고 있습니다만, 원인이 무엇이든 간에 태전에서는 몇 주 전부터 이상증상을 가진 사람이 등장했으나 다른 지역에서는 그런 증상을 가진 사람은 발견되지 않았습니다. 다른 지역에서도 난동을 피우는 노인, 사람을 공격하는 노인이 있다는 신고는 있었으나 주취자나 알츠하이머를 앓고 있는 사람이었다고 합니다.

태전에서만 좀비가 나타나는 이유에 대해 태전의 한 연구소에서 노인을 대상으로 한 임상시험 중 부작용이 발생했거나 노인을 대상으로 한 불법 의료 시술에서부터 바이러스가 확산되었다는 등 여러 추측이 나오고 있습니다. 원인을 알면 백신이나 치료약을 개발하는 데 더 수월해지니까요. 그러나 당장 태전이 봉쇄되었기 때문에 원인을 찾는 데 시간이 걸릴 듯합니다.

우선은 도시를 봉쇄한 이후 태전에서 나온 65세 미만 시민들을 철저하게 조사하고 있습니다. 현재까지 가족 혹은 직장에서 노인 감염자로 추정되는 사람에게 공격을 당해 50명 이상이 사망했습니다. 사망자는 모두 65세 미만인데요, 이를 통해 이상증상을 보이는 65세 이상과 달리 65세 미만은 별다른 증상이나 변이 없이 사망하는 것으로 추측하고 있습니다. 이 경우에도 전염성 여부에 대해 면밀히 관찰 중입니다. 태전에서 온 시민들은 상처를 입은 가족이나 친구가 있다면 꼭 신고해 주시기 바랍니다. 그게 모두의 안전을 위한 일입니다."

"태전뿐만 아니라 다른 지역에서도 이상증상을 보이는 노인이 생기면 어떻게 할 건지, 도움 될 사항을 말씀해 주시겠습니까?"

앵커의 물음에 시장이 침묵했다. 시장은 시선을 내려 데스크를 바라보다가 고개를 들어 카메라를 똑바로 쳐다봤다.

"솔직히 말씀드리겠습니다. 저는 태전을 빠져나온 시민들을 끝까지 책임지는 것만으로도 벅차서 어떤 도움을 드릴 수 있을지 모르겠습니다. 그러나 다른 지역에서도 얼마든지 생길 수 있다고 생각합니다. 백신과 치료제가 나올 때까지 할 수 있는 방법은 하나, 65세 이상인 사람을 격리하는 것입니다. 이들을 한곳에 모아 생활하게 한다면 65세 미만인 사람들은 안전할 것입니다."

"지금 태전을 봉쇄한 것만으로도 많은 말이 나오고 있습니다. 그런데도 시장님은 태전 외 지역에서도 65세 이상이면 격리해야 한다는 말씀이십니까?"

"제 어머니도…… 태전에 계십니다. 그리고 제가 태전에 있다 하더라도…… 네, 저는 봉쇄를 받아들일 겁니다. 그게 우리 모두를 위한 방법이니까요."

그러자 화면 아래에는 '해당 발언은 방송국과 무관한 개인적인 의견입니다'라는 문구가 선명하게 떠올랐다.

자기는 도망갔으면서……. 정말 할머니를, 도시를 봉쇄하는 게 모두를 위한 길인 걸까. 정말 이 방법밖에는 없는 걸까.

채널을 돌렸다. 건강 정보 관련 방송에서는 여름을 대비해 뱃살 빠지는 운동법을 알려 주었고, 드라마에서는 여자 주인공과 남자 주인공이 행복하게 웃으며 데이트를 했으며, 홈쇼핑에서는 생선을 맛있게 굽는 장면이 나왔다.

나는 뉴스를 보며 봉쇄가 풀리기 전까지 어떻게 살아남아야 하나 하는 걱정뿐인데, 봉쇄 도시 밖은 달라진게 없는 것 같았다. 내가 홈쇼핑으로 생선을 주문해도 여기까지 올 일은 없다는 것만 빼고는 말이다.

"할머니, 계속 어디다 전화해?"

"현동이가 전화를 안 받네."

"누구? 아, 할머니 소꿉친구라는 할아버지?"

"그려. 무슨 일 있는 건 아닌지."

할머니가 한숨을 쉬고는 다시 전화를 걸었다. 이번에는 친구랑 통화하는지 핸드폰 너머로 카랑카랑한 목소리가 들렸다.

"아직도 그 약 먹어?"

"이럴 때일수록 영양제 잘 챙겨 먹어야지. 내가 너 준다고 할 때 받지 그랬어. 머리도 좋아지고 몸도 건강해진다니까?"

"아이고, 난 됐어. 잘 모르는 약 먹으면 우리 딸한테도 혼나. 조심혀. 병원도 못 가는데 이상한 거 먹다 탈나지 말고."

한참 수다를 떤 할머니는 기분이 나아보였다. 그때였다. 윗집에서 쿵쿵거리는 소리가 들렸다. 이은우 집인데? 혹시 좀비가 있는 건가? 할머니도 갑작스러운 소음에 긴장했는지 몸이 한껏 움츠러들었다. 소리가 나는 천장을 바라보며 말했다.

"윗집에 갔다 올게."

"아휴, 안 돼. 가긴 어딜 가."

"괜찮을 거야. 같은 반 남자애가 사는데 걔도 아직 집에 있는
지 확인하고만 올게."

이은우가 엘리베이터에서 손을 크게 흔들며 인사하던 모습이
떠올랐다. 이은우인지 좀비인지 눈으로 확인해야 할 것 같았다.

"네 친구라고? 아이고, 맞다. 밤톨이! 밤톨이가 고3이지, 참. 너
랑 같은 반이었어?"

"밤톨이? 밤톨이는 뭐야."

"잘 익은 밤톨마냥 반질반질 얼마나 잘생겼는지 몰라. 그러니
까 밤톨이지. 그런데 거긴 노인네도 없을 텐데……."

할머니가 뭐라고 하건 무기로 삼을 만한 걸 찾았다. 칼이나 망
치는 가지고 다니기도 무서우니까 가볍고 휘두르기 좋은 프라이
팬을 들었다. 방금 본 뉴스에서는 65세 미만은 좀비가 되는 것
같지 않다지만 혹시 모르는 일이었다. 좀비가 된 이은우를 후려
칠 수 있을지 확신할 수 없었지만 무기를 가지고 있는 것만으로
든든했다.

걱정하는 할머니를 뒤로한 채 계단을 통해 위층으로 올라갔
다. 이은우의 앞집은 너무 서둘러 피신했는지 문이 제대로 닫혀
있지 않았다. 현관문을 열어 고정쇠로 문이 닫히지 않게 고정한

후 안에 들어가 집 안을 살폈다. 크게 흐트러진 것 없이 생활감만 느껴졌다. 아마 귀중품과 약간의 짐만 챙겨 빠르게 나간 것 같았다. 냉장고를 열자 먹을 게 잔뜩 있었다. 식량을 본 순간 안도했다. 집집마다 음식이 이렇게만 있으면 굳이 먹을 걸 구하러 나가지 않아도 굶어 죽을 일은 없을 것 같았다. 이제 이은우의 집을 확인할 차례였다.

가까이 가니 생활 소음이 미세하게 들렸다. 텔레비전을 틀어 놓은 것 같았다. 가족과 같이 있는 걸까? 똑 똑 똑. 정확하고 간결하게 문을 두드렸다. 그러자 안은 순간 조용해졌다.

"나야, 강하다."

조금 기다리자 천천히 문이 열리고 급하게 세수를 한 듯 앞머리가 축축하게 젖어 있는 이은우가 나타났다. 운 것처럼 눈가가 붉었지만, 모른 척 입을 열었다.

"너 왜 여기 있어?"

"그러게. 여기 있네."

표정은 애써 가다듬고 있지만, 목소리가 한껏 가라앉은 상태였다. 누가 온 거냐고 물어볼 법도 한데 집 안에서 다른 인기척이 느껴지지 않았다.

"혼자야?"

이은우가 고개를 끄덕였다. 무슨 사연이 있는지 물어볼까 하다가 말았다. 가족이 안 챙긴 건지 못 챙긴 건지 모르겠지만, 아무리 남자애라도 다리를 다친 채 혼자 있으니 얼마나 무서웠을까.

"먹을 건 있어? 넉넉해?"

"응. 너는 왜 여기 있어?"

"난 집에 할머니랑 같이 있으려고 남았어."

이 도시에 누가 남았는지, 어떻게 해야 할지, 봉쇄가 풀리기는 할지, 백신이나 치료제는 언제쯤 개발이 되는 건지 아무것도 알 수 없었다. 우리 집이야 할머니가 이것저것 많이 사서 쟁여 놓는 편이라 비상식량이 많은데, 이은우네도 그런지는 모르겠다. 필요할 때마다 라면 다섯 개입 한 묶음만 사서 먹는 건 아니겠지? 먹을 게 다 떨어지면 어떻게든 구해야 할 텐데 이은우가 합류하면 더 빨리 떨어지지 않을까 걱정이 되기도 했다. 남인 이은우보다는 가족인 할머니가 우선이니까.

그러나 넘어진 이은우를 일으켜 세웠을 때 마주친 눈빛과 표정이 머릿속에서 떠나지 않았다. 이은우와 친하지 않지만 모든 걸 포기한 듯한 얼굴을 또 보고 싶지는 않았다. 게다가 이은우 앞집에 먹을 게 많아서 괜찮을 것 같기도 했다. 머릿속이 엄청 복잡했지만 결국 입을 열었다.

"혼자 있기 무서우면 우리 집에 같이 갈래?"

바로 좋다고 할 줄 알았는데 이은우는 입술을 굳게 다물고 곰

곰이 생각하는 눈치였다. 엄청 고민해서 초대한 건데 정작 이은우가 망설이니 어이없었다. 텔레비전에서는 공포심에 휩싸인 사람들이 예비 좀비인 노인을 공격할 수도 있으니, 65세 이상 노인을 격리해야 모두가 안전하다는 말이 흘러나오고 있었다.

그제야 이은우가 왜 망설이는지 이해할 수 있었다. 좀비가 될지도 모르는 할머니가 있다고 해서 그런 거겠지. 이은우는 다리가 불편하고, 돌발 상황이 발생했을 때 도망치기 어려우니까. 싫다는 사람에게 억지로 권할 생각은 없었다.

아무렇지 않은 척, 괜찮은 척 넘어가려고 했지만 마음이 상하는 건 어쩔 수 없었다. 내 목소리가 아까보다 더 딱딱하고 차가웠다.

"할머니 때문에 그래? 그렇게 걱정되면 안 와도 돼."

놀란 이은우가 급하게 손을 내저으며 말했다.

"아, 아니! 나는 네가 불편할까 봐!"

"내가 불편해한다고?"

"여자만 있는 집에 남자인 내가 있는 게 아무래도 불편할 테니까 그렇지……."

예상치 못한 말에 웃음이 터져 나왔다. 너무 웃어서 눈물이 찔끔 나오고 배까지 당겼다. 이렇게 웃는 게 얼마 만인지 모를 정도였다. 당사자 앞에서 웃는 게 예의가 아닌 건 알았지만, 이제는 웃는 게 웃겨서 도저히 멈출 수가 없었다. 내가 웃자 이은우의 얼굴이 빨개졌다. 그러다 웃음이 멈추지 않는 나를 보고는 마음이 놓인 듯 이은우도 웃었다. 겨우 웃음을 수습하고 호흡을 가다듬은 뒤 말했다.

"미안, 내가 너무 웃었지."

"응. 좀 심하긴 했어."

다시 한번 웃음이 나오려 했지만 애써 삼켰다. 하지만 딱딱하게 굳었던 얼굴이 말랑말랑해지고 목소리에도 웃음기가 배어 나왔다.

"내가 너 업고 뛴 거 기억하지? 키는 네가 더 커도 싸우면 내가 이길 거 같으니 이상한 생각 하지는 말고."

"아니! 내가 무슨 짓을 한다는 게 아니라!"

"알아. 네가 우리 할머니를 불편해하는 게 아니면 됐어. 그러고 보니 너도 여자만 있는 집에서 불편할 수 있겠다. 우리 집에 놀러 오는 건 괜찮지? 밥도 먹고…… 너 화투 칠 줄 알아?"

"아니."

"그럼 할머니한테 배워서 같이 치자. 화투 칠 사람 생겼다고 좋아하실 거야."

"……고마워."

이은우의 눈이 초승달처럼 곱게 휘어지고, 입술이 살짝 벌어지며 가지런한 이가 나타났다. 남자애가 어쩌면 저렇게 곱게 웃는 걸까. 저래서 애들한테 인기가 많았나 싶었다.

"지금 같이 가자."

"아, 아무리 그래도 할머니도 계시는데 빈손으로 가긴 좀 그래. 내가 한 두 시간 뒤에 가도 될까?"

얼떨결에 고개를 끄덕이자 이은우가 환하게 웃으며 나를 배웅했다. 집으로 돌아오자 걱정스러운 표정을 하고 있던 할머니가 안심한 듯 숨을 내쉬었다.

"밤톨이었어?"

"응. 걔 혼자 있더라고. 이따가 집에 놀러 오라고 했어. 괜찮지?"

"아이고, 괜찮고 말고. 지금 데리고 오지 그랬어?"

"몰라. 뭐 준비할 거 있대."

"그런데…… 진짜 친구 맞아?"

눈을 가늘게 뜨고 쳐다보는 할머니의 얼굴에 장난기가 가득했다. 할머니는 이 동네 토박이에 워낙 성격이 좋아서 아는 사람이 엄청 많았다. 사람 보는 눈도 좋아서 중매도 자주 했는데, 할머니 덕분에 좋은 짝을 만나 결혼한다며 선물을 들고 찾아오기도 했다. 그런데 그 능력을 아직 고등학생인 손녀한테까지 발휘할 줄이야.

"할머니! 걔한테 절대 그런 말 하지 마, 알겠지?"

"너무 그러니까 이상한데?"

"오지 말라고 할까?"

"아냐 아냐. 알았어. 안 하면 되잖아. 뭔 말을 못 하게 해."

투덜거리던 할머니는 일어나서 냉장고를 열어 살폈다. 뭘 그리 넣었다 뺐다 하는지 문이 너무 오래 열려 있다고 삑삑 소리가 났다.

"할머니 뭐 해."

"생각해 보니 네 친구가 오는 건 처음이잖니! 밤톨이가 뭘 좋아할지 모르겠네. 된장찌개가 좋을까? 아니다, 고기 많이 넣은 김치찌개를 끓여야겠다. 지금부터 푹 끓이면 김치가 흐물흐물하니 맛있을 거야."

도시가 봉쇄된 후 이렇게 생기 넘치는 모습은 처음이었다. 사람을 초대해서 요리를 해 주고 맛있게 먹는 모습을 보며 기뻐하는 할머니였는데, 엄마와 내가 온 이후로 집에 사람들을 초대하지 못하니 적적하긴 했을 터였다.

"뭐 도와줘?"

자리에서 일어나는데 바깥에서 고요함을 깨는 비명이 들렸다. 젊은 사람의 목소리였다.

"같이 가, 살려 줘!"

"미안하다!"

"한 사람이라도 살아야지!"

"개새끼들아! 으아아아!"

잡힌 사람이 내지르는 끔찍한 소리가 점점 작아지더니 이내 조용해졌다. 할머니와 내 몸이 뻣뻣하게 굳었다. 베란다로 달려가서 보고 싶은 마음 반, 귀를 막고 싶은 마음 반이었다. 어떻게 해야 할지 몰라 갈팡질팡하는 사이 귀를 찢을 듯 높고 날카로운 비명이 점점 사그라들었다. 죽었을까. 영화나 드라마가 아니라 눈앞에서 사람이 죽는 건 처음이었다. 나도 모르게 몸이 얼어붙었다. 옆에서 할머니가 내 손을 억세게 쥐어서 정신을 차릴 수 있었다. 식량이 많다고 안심할 때가 아니었다.

"할머니. 할머니가 다른 사람들한테 잘 퍼 주는 건 아는데, 혹시라도 모르는 사람 돕겠다고 나서면 안 돼. 남도 중요하지만 나한테는 할머니가 제일 중요해. 알았지?"

"그래……."

뒤늦게 고요함을 깨뜨리는 남자의 욕설 섞인 비명이 들렸다. 아까와 다른 목소리에 나도 모르게 베란다로 달려가 소리가 나는 곳을 내려다봤다. 한 사람이 좀비들 가운데에서 무언가를 휘두르고 있었다. 목소리를 들었을 때는 세 사람인 것 같았는데 다른 한 사람은 도망갔거나 이미 죽은 것 같았다. 좀비가 사람을 먹지 않고 공격만 해서 다행이라고 해야 하나. 한 사람이 아스팔트 위에 피를 흘린 채 누워 있었다. 죽은 사람에게 흥미를 잃은 듯 좀비들은 살아 있는 남자를 둘러쌌다. 남자들의 고함 소리를 듣고 다른 곳에 있던 좀비들이 몰려온 것이다. 도대체 언제부터 좀비가 되었길래 주차장을 가득 메우는 걸까. 남자가 아니었다면 빽빽하게 몰릴 일도 없었을 텐데 원망스러운 마음까지 생겨났다.

남자가 기다란 무언가를 휘두르며 벗어나려 했으나, 좀비들은 고통을 모르는 건지 때려눕혀도 다시 일어났다. 끝이 없는 싸움이라는 사실에 얼마나 막막하고 암담할지 상상도 할 수 없었다. 남자는 결국 붙잡혀서 바닥으로 쓰러지더니 곧 조용해졌다. 남자가 죽었는지 좀비들은 그 자리에서 가만히 있거나 천천히 산책을 하듯 다시 어디론가 걸어갔다.

저 사람이 내가 될 수도 있었을 것이다. 식량에 여유가 있으니 가능했지, 아니면 어떻게든 나가서 구해야만 했을 것이다. 어떻게 하는 게 좋았을까? 수가 많으니 하나씩 쓰러뜨리기보다는 빨리 달려서 좀비들에게서 멀어지는 게 더 나을 것 같았다. 그렇다면 다행이었다. 나는 아주 잘 달리니까. 그래도 지금은 너무 많은 좀비가 몰려들었으니 어느 정도 빠져나갈 때까지는 집에 있는 게 제일 안전했다. 식사 준비를 하던 할머니는 식탁 앞에 앉아 한 손으로 이마를 감싸고 있었다.

"할머니, 머리 아파? 약 줄까?"

"너무 놀랐나 봐. 온몸이 다 아프네. 조금만 쉬었다가 밥 차려 줄게."

"아니야. 라면 끓여 먹어도 되니까 그냥 푹 쉬어."

"밤톨이가 오기로 했는데······."

"그놈의 밤톨이도 이해할 거야."

기운이 빠진 할머니를 부축해 침대 위에 눕혀 드렸다. 할머니는 몇 번 눈을 깜박이다가 이내 잠에 드셨다. 그 모습이 너무 고요하고 평화로워 덜컥 심장이 내려앉았다. 나는 할머니의 코 아래 손가락을 가져다 대어 숨을 확인하고, 가슴팍에 귀를 대어 심장 소리를 들었다.

"할머니, 내가 꼭 지켜 줄게."

다른 소식이 없나 채널을 돌리는데 콩콩 조심스럽게 현관문 두드리는 소리가 들렸다. 보나 마나 이은우겠지만 혹시 몰라 현관문 쪽에 둔 프라이팬을 들고 조심스럽게 문 앞에 섰다. 대답도 인기척도 하지 않으니 다시 콩콩 문을 두드리는 소리가 들렸다.

"하다야, 나야. 은우."

현관문을 열자 고소한 빵 냄새가 제일 먼저 콧속으로 밀려들었다. 이은우가 들고 있는 쟁반에 눈길이 갔다. 보드랍고 따뜻해 보이는 갈색 빵이 시야에 가득 찼다. 잘 익은 동그란 빵은 가운데가 살짝 들어갔는데 그 부분의 반죽이 얇아서인지 검은색 내용물이 살짝 비추고 있었다. 겉에 박힌 까만 깨까지 맛있어 보였다.

나는 감탄하면서 침을 꼴깍 삼켰다.

"왠 빵이야?"

"밤단팥빵인데 할머니가 좋아하실 것 같아서 만들어 봤어."

"와……. 이걸 직접 만들었다고? 이런 걸 어떻게 집에서 만들지? 되게 맛있어 보여."

검지손가락으로 살포시 만져 보니 따뜻하고 보들보들했다. 정말로 갓 만든 빵이었다. 나는 라면도 잘 못 끓이는데 빵을 만들다니……. 감탄하는데 이은우가 웃음기 어린 목소리로 말했다.

"근데 그 프라이팬은 왜 들고 있는 거야? 나 때리려고?"

이은우를 보고 프라이팬을 흔들다가 멋쩍게 웃고 말았다.

"얼른 들어와. 점심으로 이거 먹으면 되겠다. 원래 할머니가 너 온다고 김치찌개 끓이려고 했는데……. 너도 비명 들었지? 그거 듣고 힘이 빠져서 주무셔."

"그러면 이것만 주고 갈게."

"괜찮아. 낮에 너무 자면 밤에 못 주무셔서 깨우려고 했어."

뒤로 물러서자 이은우가 조심스럽게 안으로 들어왔다. 가져온 빵은 식탁에 내려놓으라고 손짓한 다음 나는 안방으로 들어가 살며시 할머니 어깨를 쓰다듬었다.

"할머니, 일어나. 점심 먹어야지."

"으응? 점심? 점심시간이야? 내 새끼 밥 먹어야지. 할머니가 깜박 잠들어 버렸네. 얼른 준비할게."

할머니는 비몽사몽한 정신으로도 나를 먹여야 한다며 허둥지둥 일어나려 했다. 나는 등을 받쳐서 할머니가 일어날 수 있게 도왔다.

"할머니, 밤톨이가 빵 만들어 왔어. 할머니가 좋아하는 단팥빵. 밤도 넣었대."

방 밖으로 나가니 이은우가 바른 자세로 서 있었다. 이은우는 할머니를 보고 예의 바르게 인사했다.

"안녕하세요. 오가며 뵙기는 했지만 제대로 인사드릴게요. 하다랑 같은 반 친구인 이은우라고 합니다."

"아이고, 그래 밤톨이. 우리 하다랑 친하게 지내야 한다. 하다가 까칠하긴 해도 착한 애야. 우리 하다 잘 부탁해."

"할머니!"

"네. 하다가 착한 거 잘 알고 있으니 걱정하지 마세요. 참, 이거 제가 방금 구워 온 건데 드셔 보세요."

"세상에, 빵도 만들 줄 알아? 아이고야, 예쁜 거 봐. 밤톨이처럼 만들었네. 하다야, 얼른 먹자. 집에 우유 있나?"

"제가 우유도 가져왔어요. 따라 드릴게요."

내가 나서기도 전에 이은우가 얼른 주방을 살펴 정수기 옆에 있는 컵을 가져와 우유를 따랐다. 성격이 좋은 건 알았는데 저렇게 어른을 잘 대하고 넉살도 좋은지 몰랐다. 엘리베이터에서 만나면 인사도 잘 한다고 했었지, 나는 누가 타든지 인사도 안 하고 핸드폰만 보는데. 가만히 서서 둘이 웃으며 대화하는 걸 보다가 의자에 앉았다. 이은우는 할머니를 바라보며 고개를 끄덕이면서도 내 몫의 빵과 우유를 앞에 놔 줬다. 정말 섬세하고 다정한 애네. 갓 구웠다더니 빵이 아직도 따뜻했다. 한 입 베어 물자 보드라운 빵과 촉촉한 단팥이 사르르 녹았다.

할머니와 이은우는 처음 대화하는 사이가 아니라 누가 보면 할머니와 손자라고 착각할 만큼 즐거워 보였다. 조금 질투 나기도 했지만 할머니의 웃는 얼굴을 보니 기분이 좋아져서 나도 한마디씩 끼어들었다. 평화로운 시간 속에서 먹는 빵은 정말 맛있었다. 이렇게 웃고 떠들다 보면 상황이 금방 좋아질 것 같다는 생각이 들었다.

3

일주일이 지났지만 별다른 일은 없었다. 뉴스에서는 도시에 남아 있는 사람들을 위해 물과 전기, 가스를 계속 공급할 예정이라고 했다. 안도의 한숨이 터졌다. 사람이 관리해야 한다면 서서히 끊겼겠지만, 공공자원은 인공지능과 로봇이 관리하니 다행이었다.

다음 소식도 특별하지 않았다. 태전에서 왜 그런 일이 발생했는지 여전히 조사 중이라고 했다. 정확한 원인을 파악하기 위해서는 태전에 직접 가서 조사해야 한다는 사람들과 그건 죽으러 가라는 소리밖에 더 되느냐고 항의하는 사람들이 싸우기도 했다. 65세 이상을 제외하고 65세 미만만 다시 도시 밖으로 나오게 하자는 말도 있었지만, 무증상 감염자들이 다른 도시에도 퍼지면 어떻게 할 거냐는 대꾸에 입을 다물 수밖에 없었다. 상황이 이러니 구조대를 모집하는 건 시기상조였다. 사흘 전만 해도 저런 말을 들어도 우리를 완전히 버린 건 아니구나, 기다리면 되겠구나, 하는 생각을 했는데 이제는 불안했다. 시간이 지날수록 점점 태전과 관련된 뉴스가 띄엄띄엄 나왔다.

태전 피난민들을 어떻게 해야 할 것인가, 그들을 받아 주는 도시를 따로 지정해서 관리해야 하는 건 아닌가, 태전 주변 도시도 봉쇄해야 하는 건 아닌가. 일명 좀비 확산 방지 방안, 그러니까 태전 외 사람들의 생존을 더 중요하게 다루고 있었다. 봉쇄되었을 뿐 죽은 도시는 아닌데, 아직 사람이 살고 있는데 우리는 안중에 없는 것 같았다.

태전을 벗어난 사람들은 다른 지역 시민들의 반발로 인해 격리 기간이 일주일에서 한 달로 늘었다고 한다. 격리된 사람들은 인터뷰를 통해 불만을 내비쳤지만, 별다른 방법이 없었다. 정부에서는 65세 미만은 이상증상이 나타나지 않는다고 하지만 만의 하나라는 게 있으니 선뜻 격리 기간을 없앨 수 없었다. 오히려 다시 돌아가라, 다른 도시에 병을 퍼뜨리지 말라며 욕을 하는 사람들이 더 많았다. 봉쇄 도시에 갇혀 있는 것보다 끝이 정해진 격리가 훨씬 나으니 격리자들도 얌전히 있을 수밖에 없었다.

처음에는 언제 구조대가 오나, 생존키트를 제공해 주지 않을까, 주의사항을 안내하지는 않을까 기대했지만, 이제는 바라지 않았다. 공부도 손에 잡히지 않았다. 뜬눈으로 밤을 지새우다가 새벽에 겨우 잠들기 일쑤였다.

늦잠을 자고 싶었으나 할머니가 너무 부지런했다. 집 안을 쓸고 닦고, 베란다에 있는 화분의 이파리를 하나하나 닦고, 냉장고도 정리했다. 그나마 드라마나 트로트가 나오는 음악 방송을 보려고 앉아 있었지, 그것도 아니면 온종일 종종거리며 집안일을 했을 거다. 산책도 하고 사람들을 만나서 웃고 떠들어야 하는데 그러질 못하니 스트레스도 받고 마음도 허하신 것 같았다. 혹시라도 할머니가 마음의 병이라도 생길까 걱정되어 같이 쓸고 닦으며 할머니 곁에 붙어 있었다. 그나마 이은우가 놀러 와서 할머니랑 마늘도 까고 텔레비전에 OTT 플랫폼을 연결해 할머니 취향에 맞는 프로그램을 찾아 주기도 해서 다행이었다.

평소에는 연락을 자주 안 하던 엄마였는데, 출근하기 전이나 점심시간 등 하루에 한 번은 꼬박꼬박 전화를 했다. 할머니는 애가 웬일이냐고 구시렁거리면서도 내심 기쁜 것 같았다.

"피곤하게 왜 오늘도 전화를 해! 그려, 밥은 먹었어?"

"나야 먹었지. 엄마는 잘 챙겨 먹고 있어? 아직 먹을 건 있는 거지?"

"그럼. 엄마 냉장고 알잖아. 너는 괜찮냐? 수영이네서 머문다고 했지?"

엄마는 어떻게든 태전으로 들어오려고 했지만, 사방이 구조물로 막혀 있는 데다 곳곳에 군인들이 지키고 서 있는 통에 그냥 돌아갈 수밖에 없었다. 그래서 태전과 가까운 구성에 있는 친구네 집에 머물고 있었다.

"우리는 괜찮아. 엄마랑 하다가 문제지."

"문제는 무슨. 우리 잘 지내고 있어. 걱정하지 마. 할머니는 내가 잘 보살피고 있으니까."

"많이 컸네, 우리 딸."

"진작 컸어. 어릴 때부터 혼자서도 밥 잘 챙겨 먹었잖아."

"맞아. 혼자서도 배달 잘 시켜 먹었지. 카드 결제 내역 날아온 거 보고 우리 딸 잘 챙겨 먹고 있어서 얼마나 기특했는지 몰라. 더 열심히 돈 벌어야겠다고 다짐했었다니까."

난 맛있는 음식을 배달시켜 먹는 것보다 엄마 아빠랑 같이 먹고 싶었는데. 평계인 것 같다는 생각을 하면서도 가격에 상관없이 식사를 챙겨 먹으면 엄마가 머리를 쓰다듬어 줘서 좋았었다.

"이제 전화 끊고 쉬어. 엄마 내일 또 출근해야지."

"응, 그래. 내일 또 전화할게."

통화가 끝나고 기분 전환을 하려고 청소를 시작했다. 창문을 활짝 열고 먼지떨이로 먼지를 털고 청소기를 돌리고 걸레를 빨아 구석구석 닦았다. 이은우가 있었으면 자기도 나서서 청소한다고 했을 거다. 퇴근하고 집에 오면 늘 누워 있던 아빠랑 비교가 안 되네. 웃음이 나오다가도 기분이 금방 가라앉았다. 청소를 다 했는데도 기분이 나아지지 않아 할머니 손을 꼭 붙잡고 예능을 봤다. 화면에는 모두가 웃고 있었지만 나는 웃음이 나오지 않았고 할머니도 저 장면이 왜 웃긴지 모르는 눈치였다. 드라마 재방송을 찾아 채널을 돌리는데 어디선가 으아아앙 하는 소리가 들렸다. 할머니가 재빨리 텔레비전 소리를 줄이자 확실히 알 수 있었다. 아기가 우는 소리였다.

"여기에 아기가 있다고?"

숨을 죽이고 다시 귀를 기울이는데 어디선가 날카로운 소리가 들려왔다.

"애 좀 닥치게 만들어! 이 동네 좀비 다 부를 거야?"

아기 울음소리 때문이 아니라 아파트가 다 울리도록 소리 지르는 남자 때문에 좀비들이 몰려올 것 같았다. 초반에는 좀비들이 아파트 계단을 걸어 올라와 문 앞에 있는 건 아닐까 걱정했다. 그럴 때마다 베란다로 나가 아래를 살폈는데, 노인이 좀비가 되어서 그런지, 좀비가 된 지 얼마 안 되어서 그런지 걸음이 느렸다. 몸은 막대기처럼 뻣뻣해져 계단을 오를 수 있을 것 같지 않았다. 그 후로 안심하고 지내긴 했지만, 좀비들이 소리의 근원을 찾아 터덜터덜 걷고 있는 걸 보니 심장이 내려앉는 것 같았다. 좀비들은 공격할 대상을 찾지 못해 떠돌 뿐, 목표가 정해지면 느리지만 망설임 없이 돌진했다.

"으아아아앙!"

"젖을 물리든 재갈을 물리든 조용히 시키라고!"

아기의 울음소리는 그칠 줄 몰랐다. 혹시 아기가 혼자 남겨진 건 아닐까? 걱정이 되었지만 굳이 나서고 싶지는 않았다. 좀비들은 소리의 근원지를 찾아 우왕좌왕 돌아다녔다. 멀리 있던 좀비들까지 소리를 듣고는 아파트 단지로 들어오고 있었다. 남자는 어느새 조용해지고, 아기의 울음소리만이 메아리쳤다.

"설마 10층 아기 엄마가 남아 있는 건가?"

"응?"

"10층에 사는 새댁이 올봄에 애를 낳았다던데……. 이럴 게 아니라 얼른 가 봐야겠다."

"가긴 어딜 가?"

"아기가 저러다 경기 일으키면 큰일 난다. 너도 어릴 때 악을 쓰고 울어 대서 네 엄마가 얼마나 힘들었는지 알아? 너 경기 일으킬까 봐 얼마나 조마조마하던지. 지금은 병원도 못 가는데 얼른 가 봐야겠다."

말려도 소용이 없었다. 할머니랑 싸우느니 차라리 내가 확인하고 오는 게 나을 것 같았다.

"그러면 나 혼자 갔다 올게."

"너 혼자 아기랑 뭐 어쩌려고! 저것들은 계단으로 못 올라온다며. 얼른 가자."

할머니는 나를 다그치고는 뭐에 홀린 것처럼 집 밖으로 나가 엘리베이터를 잡았다. 혹시 좀비가 있으면 어쩌나 싶어 프라이팬을 들고 할머니 앞을 막아섰다. 다행히 19층에 도착한 엘리베이터 안에는 아무것도 없었다. 프라이팬 손잡이를 세게 쥐느라 손아귀가 아팠지만 내색하지 않았다. 할머니는 재빨리 10층 버튼을 누르고 닫힘 버튼을 눌렀다.

10층에 도착하자마자 문을 뚫고 나오는 우렁찬 아기 울음소리가 들렸다. 노크를 하면 소리에 묻힐까 할머니는 문을 쾅쾅 두드렸다.

"아기 엄마, 안에 있어? 나 19층에 사는 할머니야. 아기가 계속 우니까 걱정돼서 왔어. 아기 엄마 괜찮아? 뭐 도와줄까? 밥은 먹었어?"

할머니는 계속 괜찮은지 얼굴만 확인하면 안 되냐고 애원하고, 문만 열어 달라 빌고, 상태가 어떠냐고 묻고 또 물었다. 아기 울음소리를 들으면 가슴 아프긴 하지만……. 생판 모르는 남에게 할머니가 왜 이렇게까지 해야 하는지 이해할 수 없었다. 할머니가 오지랖이 넓어서 그런가? 지금이라도 할머니를 말려야 하는지, 아니면 문을 강제로 여는 방법을 찾아야 하는지 고민됐다. 그때 문 안쪽에서 인기척이 들렸다. 그러자 할머니는 더 열렬하게 문 너머에 있는 사람에게 말을 걸었다.

좀비가 될지도 모르는 할머니라서 말도 없이 문밖에 세워 두는 걸까? 있는 척하지 않으려고? 여전히 열리지 않는 문을 보자니 화가 치밀었다. 집에 가자는 말이 입 밖으로 나오려는 순간 천천히 문이 열렸다.

문틈 사이로 보이는 집 안은 어두웠다. 복도에 주황색 등이 켜져 있었지만, 집 안의 여자까지 비추지는 않았다. 할머니가 문을 잡아당기자 문고리를 잡고 있던 여자가 힘없이 당겨졌다. 움직임을 감지한 현관 등이 켜지며 여자의 모습을 자세하게 볼 수 있었다.

대충 동여맨 헝클어진 머리, 뭘 묻혔는지 얼룩덜룩 더럽혀진 반소매 티, 부르튼 입술과 빨갛게 충혈된 눈동자……. 방금까지 울었는지 볼에는 눈물 자국이 선명했다. 게다가 언제 씻었는지 머리는 잔뜩 기름이 졌고, 퀘퀘한 냄새도 났다. 좀비를 가까이서 보면 이런 모습이 아닐까 싶을 정도로 창백한 얼굴에는 생기가 하나도 느껴지지 않았다. 혹시 좀비가 된 건 아니겠지? 할머니를 끌어당기려는데 여자가 눈물을 줄줄 흘렸다.

"도와주세요……."

아기 엄마가 바닥에 주저앉았다. 환한 빛이 아기 엄마의 머리에 쏟아지고 있었다. 나도 할머니도 아무 말도 할 수 없었다. 모든 불이 꺼지면서 집 안도, 밖에도 빛이 없는 상태로 잠시 서 있었다.

팔을 뻗어 휘휘 내저어 자동센서 등을 밝혔다. 할머니는 아기 엄마의 어깨를 힘주어 꾹 잡고는 집 안으로 들어갔다. 제일 먼저 화장실로 가 손을 닦고 아기 엄마의 옷처럼 보이는 걸 몸에 두른 채 아기를 안아 들었다. 아기 엄마는 본능적으로 아기를 주지 않으려 팔에 힘을 줬다가, 이내 할머니가 안을 수 있도록 손을 받쳐 줬다. 나는 바닥에 앉아 있는 아기 엄마의 팔을 붙잡고 일으켰다. 나랑 키가 비슷했지만 몸이 한없이 가냘팠다. 그동안 제대로 먹지 못한 것 같았다.

아기 엄마를 부축해 소파에 앉히는 동안 할머니는 우는 아기를 달랬다. 어찌나 악을 쓰고 우는지, 빨개진 얼굴을 보니 못생긴 아기 원숭이 같았다. 할머니가 거실을 거닐며 어화둥둥 능숙하게 어르자 아기는 울음을 그치고 훌쩍이다가 이내 환하게 웃었다.

나는 정수기에서 미지근한 물을 한 컵 받아 울고 있는 아기 엄마에게 가져다주었다. 아기 엄마는 눈물을 계속 흘리면서도 물을 받아 단번에 다 마셨다. 한 번 더 갖다주자 그것도 다 마셨다. 마신 물을 눈물로 다 흘릴 생각인지 계속 울었다. 바닥에 굴러다니는 물티슈를 뽑아 건네자 여자가 눈물을 닦다 말고 두 손에 얼굴을 묻고 흐느꼈다. 아기도 자신의 엄마가 우는 걸 아는 걸까. 아기가 울려고 입술을 삐죽이자 할머니가 잘 다독이며 방으로 들어갔다. 재울 생각인 것 같았다.

할머니를 따라 방으로 들어가야 하나, 아기 엄마 옆에 앉아 위로해야 하나, 가만히 있는 게 차라리 낫나. 머릿속이 복잡했다. 거실을 둘러보니 돌돌 말린 기저귀와 바짝 마른 물티슈가 쓰레기통 밖으로 넘쳐 났고, 식탁 위에는 컵라면과 즉석밥, 컵밥 용기들이 쌓여 있어서 퀴퀴한 냄새가 났다. 남의 집을 청소해 주고 싶지 않았지만, 내가 하지 않으면 할머니가 할 게 분명했다.

안방 문을 살짝 열어 틈 사이로 할머니가 아기를 안고 토닥이는 걸 본 후 몸을 움직였다. 제일 먼저 창문을 열어 환기를 시켰다. 아기 울음소리를 듣고 몰려든 좀비들의 괴성이 들리긴 했지만, 별 자극이 없으면 다시 조용해질 터였다. 바닥에 있는 비닐봉지를 주워 쓰레기를 담았다. 홍삼과 한약 빈 봉지가 가득했다. 이렇게 챙겨 먹었는데도 사람이 다 죽어 간다니…… . 쓰레기를 대충 다 담고 시끄러울까 봐 청소기 대신 물티슈를 발로 쓱쓱 밀며 바닥을 닦는데 할머니가 나왔다.

"아이고, 우리 하다가 청소했어? 그런데 그렇게 대충 닦으면 어떡해. 구석구석 잘 닦아야지."

"남의 집인데 뭘 또 그렇게까지. 아기는 자?"

"이왕 하는 거 제대로 해 주면 좋지. 아기는 잠투정도 별로 없고 순하게 잘 자네."

"아파트에 다 울릴 정도로 시끄럽게 울었는데 순하긴 뭘 순하다고……. 이제 그만 올라가자."

아기 엄마는 눈물을 그치고 멍하니 앉아 있었다. 할머니와 대화를 하는데도 별 반응이 없었다. 예비 좀비니 뭐니 난리 치는 것보다는 조용한 게 낫긴 하지만, 영혼이 빠져나간, 빈 껍데기 같은 사람을 그냥 보기만 하는 게 마음이 편하지는 않았다.

"아기 엄마, 밥은 먹었어?"

아무 반응도 하지 않을 줄 알았는데, 아기 엄마가 고개를 절레절레 흔들었다.

"왜 안 먹었어. 밥이 안 넘어가?"

"쌀이 다 떨어졌어요. 분유도 없어요……. 저는 괜찮은데 아기가 아침부터 굶어서……."

이제 눈물도 나오지 않는지 숨만 가끔 헐떡거렸다.

"우선 아기 엄마 밥부터 먹자. 내가 밥해 줄 테니까, 응? 아기 엄마가 살아야 아기도 보지. 얼른 밥부터 먹자. 내 딸 같아서 그래……."

아기 엄마는 나와 할머니를 번갈아 쳐다보다가 느릿느릿 고개를 끄덕였다. 할머니를 보는 내 눈초리가 사납다는 게 느껴져 손으로 눈을 가렸다. 오지랖 넓은 할머니는 이런 상황에서도 남을 도우려 하고 있었다. 몇 번 심호흡을 한 끝에 손을 내리고 할머니를 바라봤다. 할머니는 나를 쳐다보며 아무 말도 하지 말라는 듯 한쪽 눈을 찡긋거리며 고개를 내저었다. 나는 팔짱을 낀 채 아무 말도 하지 않았다.

"집에 가서 밥 가져올 테니까 기다려. 가자 하다야."

19층으로 올라가자 아기 울음소리를 듣고 놀랐는지 이은우가 우리 집 앞에 서 있었다. 이은우는 우리가 괜찮은지 확인하고는 다시 돌아가려 했지만, 할머니의 손짓에 집 안으로 따라 들어왔다.

"설마 아기 울음소리 나는 곳에 갔다 오신 거예요?"

"으응, 10층에 아기랑 애 엄마 둘만 있더라고. 아기 엄마가 삐쩍 마른 거 보니까 안쓰러워 죽겠어. 어떻게든 아기 돌보겠다고 노력한 거 같은데 혼자서 얼마나 힘들었겠어. 해산한 지도 얼마 안 된 것 같았는데, 쯧쯧……. 먹을 것 좀 챙겨 주려고 올라왔다."

"할머니……."

이은우는 본인도 얻어먹는 처지라 뭐라고 할 수 없었는지 할머니를 부르기만 했다. 그러다가 좋은 생각이 났는지 바로 입을 열었다.

"저희 앞집이 급하게 도망을 갔는지 문이 열려 있더라고요. 거기서 먹을 거 가져올게요. 아무것도 안 건드리고 먹을 것만 가져오면 괜찮지 않을까요? 썩어서 냄새나는 것보다 그게 나을 테고, 나중에 봉쇄가 풀리면 갚으면 되죠. 그 정도는 이해해 주실 분들이에요."

내가 나중에 살짝 가져오려고 했었는데……. 착하고 바르게만 보였던 이은우가 저런 말을 해서 조금 놀라긴 했다.

"그래, 맞다! 20층 쌀집 아저씨네가 박한 사람들이 아니야. 나도 아는 집이니까 괜찮을 거다. 할머니는 반찬 좀 챙길 테니까 얼른 갔다 오렴."

이은우와 함께 천천히 계단을 올라 2002호로 들어갔다. 바로 주방으로 가서 냉장고와 찬장과 김치냉장고를 살펴봤다. 쌀집 아저씨라고 하더니 주방과 연결된 베란다에 쌀이 넉넉했고 냉장고에는 각종 반찬과 계란, 음료수, 치킨너겟, 동그랑땡, 만두, 돼지고기 등이 있었다. 김치냉장고에도 김치, 고기, 과일이 가득했다. 다행히 상한 건 없었다. 냉장고에 있는 반찬과 냉동실에 있는 것들을 장바구니에 담았다.

"우리 할머니 웃기지? 이런 상황에서도 다른 사람 챙기고."

"대단한 분이라고 생각해. 저런 할머니가 있으니 네가 착한 게 이해되더라."

"착하다고? 내가?"

나를 착하다고 생각해 본 적이 단 한 번도 없어서 이은우의 말을 들으니 웃음이 터졌다. 웃음이 많지 않은데 이은우랑 있으면 왜 이렇게 웃는지 모르겠다. 내가 웃는 이유도 모르면서 이은우가 따라 웃었다.

"착한 건 너겠지. 생각해 보니까 가끔 윗집 학생이 인사 잘한다고 몇 번 말씀하신 적도 있었어. 그러면서 얼굴도 잘생긴 게 마음도 잘 생겼다고, 본받으라고 잔소리도 하셨지……. 이제는 할머니한테 살갑게 대하고 말도 잘 들어 주고 손자 생긴 것 같아서 좋다고 하셔. 게다가 너 공부도 잘하잖아."

"그건 그냥 인사를 잘 하는 거고, 그냥 공부를 잘하는 거지. 착한 게 아니야. 아무도 날 안 도와주고 지나칠 때 너만 되돌아와 줬어. 혼자 도망가기도 힘든데 날 업고 뛰기까지 했잖아. 툴툴거리면서도 나한테 같이 있자고 해 주고, 10층 아주머니한테도 찾아가고……. 다른 사람을 돕고 있잖아. 그게 착한 거지."

무슨 말을 해야 할지 몰랐다. 이은우를 업고 뛴 건 내가 할 수 있는 일이니까 했지만, 처음에 할머니와 10층에 가는 건 싫었다. 할머니가 고집부리지 않았으면 절대 가지 않았을 것이다. 먹을 걸 가져다주는 것도 마찬가지였다. 우리 집에 있는 걸 나눠 준다고 하면 결사반대했을 것이다.

처음 봤을 때 아기 엄마가 너무 지저분하고 냄새도 심해서 가까이 있고 싶지 않았다. 아기한테도 안 좋을 것 같다는 생각을 했다. 집도 무척 더러웠다. 청소를 언제 했는지 발바닥을 디딜 때마다 쩍쩍 달라붙는 느낌이 너무 싫었다. 할머니가 아니었으면 대충이라도 청소할 생각은 안 했을 것이다. 이런 내가 착하다니, 정말 말도 안 된다.

내가 아무 말도 하지 않자 이은우도 조용했다. 우리는 침묵 속에서 짐을 챙긴 후 각자의 집으로 돌아갔다. 나는 물품들을 가지고 할머니와 함께 10층으로 내려갔다. 현관문을 두드리자 아까와는 비교할 수 없는 속도로 문이 열렸다. 우리가 들어서기 무섭게 아기 엄마가 갑자기 차갑고 딱딱한 현관 바닥에 무릎을 꿇고 두 손을 싹싹 빌며 말했다.

"왜 그래? 아기 엄마가 이렇게 차가운 데 있으면 못 써!"

"제발, 제발 도와주세요. 뭐든 할 테니까 제발 저희 사랑이 분유 좀 구해 주세요. 이렇게 부탁드릴게요. 제발요."

하염없이 울던 사람이 맞나, 싶은 생각이 들 정도로 간절한 눈빛이었다.

"제가 어떻게든 나가서 분유를 구해 오려고 밖을 살폈는데 사랑이를 두고 나갈 수도, 데리고 나갈 수도 없어서 못 갔어요. 몸이 아직 회복되지 않아서 뛰는 것도 어렵고요. 좀비들이요, 되게 느려요. 학생, 그러니까 학생이 나가서 구해 오면 안 될까요? 근처에 큰 마트가 있잖아요. 거기에 분유 있거든요. 제발 부탁할게요. 돈은 얼마든지 드릴게요. 제가 뭐든지 할게요. 우리 사랑이 좀 살려 주세요. 네? 제발, 제발……."

아기가 깰까 봐 작게 속삭이는데도 아기 엄마가 하는 말이 아주 또렷하게 들렸다. 엄마라는 존재는 저런 걸까. 처음 보는 사람에게 무릎을 꿇고 빌면서 애원할 수 있는 걸까. 이기적이라는 생각도 들었다. 좀비한테 공격당하는 사람의 비명을 들었을 텐데도 자기 아이를 위해 나가 달라고 부탁할 수 있다니. 우리 엄마였으면 이런 상황에서 어떻게 했을까? 아기인 나를 두고 혼자 나갔다가…… 돌아오긴 했을까?

상상만으로도 괴로웠다. 게다가 아기 엄마에게 아기가 있듯이 나에게는 할머니가 있었다. 이제 내가 지키고 보살펴야 하는 할머니. 아기 엄마를 안쓰럽게 여기던 할머니도 아기 엄마의 말을 듣고 조금 화가 난 것 같았다.

"아기 엄마. 내가 먹을 거 많이 가져왔어. 이거 먹고 아기한테 젖을 물려 보자고."

"저, 젖이 안 나와요. 이미 말랐어요. 이렇게 빌게요. 어머님, 학생, 제발 우리 애 좀 살려 주세요……."

"아기 살리자고 내 손녀를 저 위험한 곳에 나가게 하자고? 그렇게는 못 해. 안 돼! 하다야, 가자."

"으응……."

아기 엄마는 싹싹 빌던 두 손을 바닥에 내려놓고 고개를 숙였다. 가닥가닥 잔뜩 떡 진 머리를 바라보다가 할머니의 재촉에 집으로 돌아올 수밖에 없었다. 그러나 집으로 돌아와서도 계속 아까 본 장면이 생각났다. 잠이 올 것 같지 않아서 운동복으로 갈아입었다. 거실로 나오니 할머니가 드라마를 보고 있었다.

"할머니 나 운동하고 올게."

"운동?"

"맨날 뛰다가 집에만 있으니까 답답해서. 아파트에 또 누가 있나 살필 겸 아파트 계단 오르기 하려고. 좀비들이 계단은 못 올라오는 것 같으니 괜찮을 거야."

"그려. 조심히 갔다 와."

엘리베이터를 타고 자연스럽게 1층을 눌렀다가 취소하고 4층을 눌렀다. 가끔 엘리베이터를 타고 내려가다가 2층, 3층에 사는 할아버지와 할머니와 같이 타는 경우가 있었다. 혹시 모르니 4층에서 내려 걸어 올라가기로 했다. 4층에 도착해서 발소리가 나지 않도록 천천히 걸으며 집 안에서 소리가 나는지 주의를 기울였다. 사람이 없는 건지, 있는데 없는 척하는 건지 아무 소리도 들리지 않았다. 10층에 도달해서야 텔레비전 소리가 들렸다. 이런 나를 이해할 수 없었으나 망설이다가 현관문을 두드렸다. 현관문이 열리자 아기 엄마가 나를 보고 눈을 동그랗게 떴다.

"학생!"

"물어볼 게 있어요."

"뭐든, 뭐든 물어봐요."

"아기를 위해서 좀비가 돌아다니는 밖에 나가 달라는 거…….
제가 죽을 수도 있는 거 알면서도 한 말이죠?"

"미안해요……. 그런 뜻은 아니었어요."

"엄마는 그런 거예요? 자기 자식을 위해서 뭐든 할 수 있는 거예요? 다른 사람의 목숨을 가볍게 여기는 것도?"

"가볍게 여기는 거 아니에요. 학생이 죽길 바라는 건 더더욱 아니고요. 사랑이랑 베란다로 바깥을 볼 때 가끔 학생이 달리는 거 봤어요. 정말 가볍고 빠르게 달리는 모습을 보고 대단하다고 생각했어요. 65세 이상인 사람이 좀비가 되어 그런지 대부분 천천히 걷더라고요. 좀비에게 둘러싸이면 위험할 수 있겠지만, 좀비들이 몰리기 전에 빠르게 달리면 피할 수 있을 거라고 생각했어요. 정말 학생이 할 수 있을 것 같아서 부탁한 거였어요. 학생 목숨을 가볍게 여긴 게 아니라요. 미안해요. 진심으로요.

그럼…… 사랑이를 대신 봐 줄 수 있어요? 아니, 나한테 무슨 일 생기면 사랑이를 맡아 줄래요? 염치없지만 확답을 들으면……

그러면 내가…… 내가 나가려고요. 나갈 수 있어요."

한자리에 가만히 있던 탓에 센서등이 꺼졌다. 팔을 흔들려고 했는데 아기 엄마가 재빨리 몸을 돌려 방 안으로 들어갔다. 곧이어 아기의 칭얼거림과 달래는 소리가 들렸다. 나는 어떤 소리도 못 들었는데 어떻게 알았을까? 엄마는 이런 걸까? 우리 엄마도 내가 갓난아기였을 때는 저렇게 단단한 사랑으로 나를 보살폈을까? 있는 힘껏 사랑을 주고, 내가 좀 자란 뒤에는 엄마가 원하는 일을 하러 나를 두고 밖으로 나간 걸까? 아빠는 엄마의 역할을 제대로 하지 못했다고만 하는데, 정말 그랬을까? 엄마 일이란 뭘까? 아빠는 뭘 했을까?

나지막한 자장가를 들으며 엄마가 갓난아기인 나에게 자장가를 불러주는 상상을 했다. 복잡했던 마음이 조금 차분해졌다. 조용히 문을 닫고 계단을 빠르게 올라 20층까지 갔다가 다시 엘리베이터를 타고 4층으로 내려와 올라가는 걸 반복했다. 어느 정도 땀을 흘린 후에 집으로 돌아가 씻고 침대에 누웠다.

꿈에는 젊은 시절의 엄마와 아기인 내가 나왔다. 엄마는 나를 끌어안고 뽀뽀를 하고 장난감을 흔들어 주고 동화책도 읽어 줬다. 나를 아주, 아주 많이 사랑해 주는 엄마는 출근을 할 때보다 더 행복해 보였다.

4

오랜만에 기분 좋게 잠에서 깼다. 할머니는 아직까지 주무시는지 조용했다. 베란다로 나가 창밖을 내려다보자 어제보다 좀비 수가 적어 보였다. 확실히 아기 엄마가 말한 대로 좀비들의 움직임은 대체로 느렸다. 대부분 가만히 멈춰 서 있거나 산책하듯 여유롭게 걸었다. 내 페이스로 달리면 쫓아오는 게 무리일 것 같긴 했다. 아파트에 살던 사람들 대부분이 버스를 타고 도시를 빠져나간 건지 주차장에는 차들이 빼곡했다. 덕분에 몸을 숨길 곳이 많았다. 마트도 가까우니까 빨리 갔다 올 수 있을 것 같았다. 마트 문만 닫혀 있지 않다면 말이다.

재빨리 씻고 운동복으로 갈아입었다. 책가방을 뒤집어서 내용물을 탈탈 털어 비우고 머리도 질끈 묶었다. 엘리베이터를 타고 5층에서 내렸다. 비상구 계단에 발을 올리고 운동화 끈을 단단하게 묶었다. 가방이 덜그럭거리지 않도록 등에 딱 붙게 가방끈도 조정했다. 몸을 좌우로 움직여 보고 위층에 좀비가 없는지도 확인했다. 가방이 걸리적거리지도 않았고 운동화가 헐떡이지도 않았다. 달리기 딱 좋은 상태였다.

1층으로 천천히 내려갔다. 계단을 한 칸 남겨 두고 잠시 멈춰서서 소리를 들었다. 자동문이 열려 있지도 누군가 있는 것 같지도 않았다.

깊게 심호흡을 하고 팔다리를 쭉쭉 늘려 스트레칭을 했다. 이럴 때는 더욱 빼먹으면 안 된다. 다리에 쥐가 날 수도 있고, 담이 와서 몸이 결릴 수도 있다. 차근차근 공들여서 몸을 비틀고 늘리며 예열시켰다.

밖을 살펴보니 여기저기에 좀비가 있었다. 자동차 뒤에 숨으면 나를 발견하지 못할까? 어제 아기가 우는 소리를 듣고 몰려왔었는데 소리만 내지 않도록 조심하면 괜찮을까? 후각으로 살아 있는 사람의 존재를 알아차릴 수 있을까? 아무것도 확신할 수 없었다. 차라리 지금처럼 좀비의 수가 적을 때 나가서 경험해 보는 게 좋을 것 같았다. 정말로 구조대가 오지 않는다면 생존을 위해 뭐든지 해야 하니까.

"다녀오겠습니다."

들리진 않겠지만 할머니한테 인사를 하고 자동문 앞에 섰다. 문이 천천히 열렸다. 나가서 재빨리 경비실 앞에 몸을 숨겼다가 발소리를 죽여 살금살금 가장 가까운 차 뒤로 갔다. 고개를 내밀어 주위를 살피는데 1층 베란다 창문에서 커튼이 살짝 흔들리는 것 같았다. 착각인가? 다시 시선을 돌려 좀비를 살펴봤다.

뉴스나 사람들은 '좀비'나 '노인 좀비'라고 불렀다. 신체 반응이 없는데도 살아 있는 것처럼 움직여서 그런 것 같았다. 그렇지만 눈앞에 있는 좀비는 영화에서 보던 좀비와는 전혀 달랐다. 생기가 없을 뿐 평범한 노인 같다는 건 뉴스나 동영상으로 봐서 알고 있었지만, 가까이에서 보니 기분이 더 이상했다.

혈색 없이 창백한 피부만 제외하면 산 사람과 다르지 않았다. 선크림을 듬뿍 바른 것 같기도 했다. 얼굴이나 신체 일부분이 기괴하게 무너져 내리지도 않았다. 길을 걷다 보면 마주치는 평범한, 보통의, 어디에서나 볼 수 있는 할아버지, 할머니의 모습이었다. 천천히 걷는 모습은 날이 좋을 때 산책을 하는 것처럼 여유로워 보이기까지 했다.

여기서 이러고 있을 시간이 없었다. 후, 하고 숨을 깊게 내뱉고 차와 차 사이를 소리 없이 빠르게 이동했다. 트럭 바로 앞에 있는 좀비를 보지 못하고 움직였을 때는 심장이 내려앉는 줄 알았다. 눈이 마주치는 순간 좀비가 기괴한 소리를 내며 바로 달려오는 건 아닐까 겁이 나서 다리가 굳을 것 같았다.

이를 악물고 속도를 내서 차 뒤에 숨었는데 눈이 마주친 좀비가 쫓아 오는 일은 없었다. 이와 비슷한 일이 몇 번 있었다. 신경을 곤두세운 채 달리다가 바닥에 있는 과자 봉투를 보지 못하고 밟아서 넘어졌는데도 좀비는 다가오지 않았다.

그러니까 노화 때문에 앞이 잘 보이지 않거나 청력이 약해져 작은 소리는 잘 듣지 못하는 것 같았다. 이걸 다행이라고 해야 하는 건지. 영화에서는 좀비가 엄청 빠르게 다가와 사람을 공격하는데 현실의 좀비는 노인의 특성을 그대로 가진 채였다.

왠지 모르게 마음이 놓여 천천히 걸어가는데 발밑에 있던 캔을 차고 말았다. 캔은 요란한 소리를 내며 굴러가다가 좀비 앞에 멈춰 섰다. 좀비와 눈이 마주치고 모르는 척 자연스럽게 시선을 돌려 걸어가는데 이쪽으로 다가오는 기척이 느껴졌다. 뒤를 돌아보니 좀비가 빠르게 걸어오고 있었다.

가까이 오는 건 한 명뿐인데 나도 모르게 달리고 말았다. 가방이 딱 달라붙어 있어 걸리적거리지 않는 게 다행이었다. 소란을 느낀 좀비들이 다가오기 시작했다. 내가 빠르게 달렸기 때문에 가까워지거나 포위되지는 않았지만, 어디서 좀비들이 나타나 따라붙는지 그 수가 점점 불어나고 있었다. 아파트 단지를 벗어나면 어디에 숨어야 하지, 그런 생각을 하며 달리는데 큰 도로로 나가니 좀비가 더 많았다. 이 동네에 노인이 이렇게 많았나 싶을 정도였다.

아마도 도시를 빠져나가려고 버스를 기다리다가 나이 때문에 제지당한 노인들인 것 같았다. 기다리면 데리고 가겠거니, 하며 무턱대고 기다리다가 좀비에게 공격당해 본인도 감염이 된 걸까? 아니면 이미 잠복기 상태였을까? 버스를 기다리는 동안 근처에 있던 사람을 공격해서 봉쇄 조치가 두 시간 일찍 된 걸까? 단지 나이 때문에 나가지 못하고 결국 좀비가 된 할머니 할아버지들을 보니 서글퍼졌다. 잠시 서서 주변을 둘러보다가 집에 계실 할머니를 떠올리고 서둘러 발걸음을 옮겼다.

다행히 마트가 가까워서 금방 도착했다. 낮에 기습적으로 봉쇄해서 그런지 문은 열려 있었다. 마트 앞에 노인 좀비 한 명이 느릿느릿 돌아다니고 있었는데 그때마다 자동문이 열렸다 닫혔다. 저렇게 돌아다니다가 우연히 들어가는 경우가 아니면 마트 안에 좀비는 없을 것 같았다. 오히려 나처럼 식량을 구하러 온 사람이 있을지도 몰랐다. 먹을 게 많으니 서로 싸울 일은 없겠지?

좀비를 지나쳐 재빨리 안으로 들어갔다. 좀비가 안으로 들어오지 못하게 막을 걸 찾다가 입구 근처에 있는 커다란 진열대가 눈에 들어왔다. 바퀴 고정 장치를 풀어 바깥으로 끌고 가서 입구를 막은 다음에 다시 바퀴를 고정했다. 그 와중에 문 앞에 서 있는 좀비가 나를 향해 손을 뻗었다. 다행히 진열대 폭이 넓어 손이 닿지는 않았으나 가슴이 철렁 내려앉았다. 진열대를 몇 번 흔들어 잘 고정 되었는지 확인했다.

나를 쫓아온 좀비들이 마트에 점점 가까워지고 있었다. 제일 가까운 잡화 매장에서 구두나 가방을 닥치는 대로 들고 와 집어던졌다. 차마 노인인 좀비를 맞힐 수는 없어서 거리를 둔 채 던졌더니 관심을 끄는 게 어려웠다. 카페에서 유리컵을 가져와 던지니 날카로운 소리를 내며 산산조각이 났다. 그제야 마트 쪽으로 달려오던 좀비들이 소리를 향해 방향을 바꾸는 게 보였다. 좀비들의 관심이 깨진 유리컵에 쏠린 틈을 타 진열대가 밀리지 않도록 무거운 걸 찾아 안을 채우기로 했다.

마트 입구에서 요란한 소리가 나도 나오는 사람이나 좀비는 없었다. 마트 안에 아무도 없는 듯했다. 그래도 만약을 위해 운동 용품을 파는 매장 안으로 들어가 야구방망이를 하나 들었다. 피부만 더 창백할 뿐 영화에서 보던 것처럼 무서운 모습도 아니고 평소의 모습과 다를 게 없어서 할머니 생각이 났다. 무기로 쓰려고 집긴 했지만, 노인 좀비들에게 휘두를 수 없을 것 같았다.

무거운 아령과 계산대 등으로 진열대를 채우고 식품 코너가 있는 지하로 내려가기 위해 에스컬레이터로 향했다. 에스컬레이터는 부드럽게, 아무 일 없었다는 듯 평소처럼 움직이고 있었다. 지하층에 좀비가 있으면 어떻게 하지? 혹시 모를 상황에서 재빠르게 도망갈 수 있도록 비상 장치를 찾아 에스컬레이터를 정지시켰다.

야구방망이를 들고 천천히 내려갔다. 윙윙 냉장고 돌아가는 소리가 매장에 울렸다. 가만히 서서 귀를 기울여도 특별히 들리는 건 없었다. 사람이 아무도 없는 마트는 너무 이상했다. 정말로 죽은 도시가 된 것 같았다.

멈춘 에스컬레이터를 통해 내려가는 동안 시야가 닿는 곳에는 노인 좀비도 사람도 보이지 않았다. 하긴 도시가 봉쇄된다는데 누가 마트에 남아 있을까. 아직은 봉쇄된 지 며칠 되지 않아 다들 집에서 버티는 것 같았다. 언젠가는 마트를 거점 삼으려는 사람이 나올지도 모르겠다. 먹을 게 많은 이곳에서 지내는 게 낫지 않을까 하는 생각이 들 정도였으니까.

그러나 혹시라도 마트에 좀비가 밀려오면 도망치는 게 어려울 것 같았다. 진열대 때문에 시야가 막혀 있으니 건너편에 뭐가 있는지도 모르겠고, 창문도 없어서 바깥 상황도 알기 힘들었다. 밥이야 푸드코트에서 만들어 먹으면 되겠지만, 너무 넓어서 뭔가 불안했다. 게다가 집이 아닌 공간에서 오는 불편함도 있을 테니 부지런히 물건을 나르는 수밖에 없었다.

카트를 끌고 제일 먼저 분유 코너를 찾았다. 한 번도 생각해 본 적 없는 품목이라 어디에 있는지 몰라 조금 헤맸지만 잘 찾았다. 문제는 사랑이가 먹는 분유가 뭔지 제대로 모른다는 거였다. 분명 쓰레기를 치우면서 봤는데……. 최대한 기억을 더듬어서 골랐다. 그런데 분유 한 캔이면 얼마나 먹지? 혹시 몰라 가방에 들어가는 만큼 넣어 봤다. 분유통이 워낙 커서 두 통밖에 못 넣었다. 나머지 공간은 무엇으로 채울까 고민하다가 냉장식품을 넣기로 했다. 냉동식품이나 유통기한이 긴 캔, 즉석밥 등은 나중에 다시 와도 괜찮지만, 냉장식품은 시간이 지날수록 상할 터였다. 가면서 생리대도 챙기고 정육 코너에 도착해서 한우를 카트에 넣었다.

이제 자리를 잡고 가방을 채우기 시작했다. 분유를 제일 먼저 넣고 한우를 빈 곳에 넣은 다음에 생리대를 뜯어 사이사이를 메웠다. 최대한 빈틈이 생기지 않도록 채우니 흔들리지도 않고 달그락거리는 소리도 덜 나는 것 같았다. 가방을 메고 이리저리 움직이고 뛰어 보았다. 조금 더 넣어도 뛸 수 있을 것 같은데 가방에 들어갈 곳이 없었다.

가방을 내려놓고 1층으로 올라가서 등산용품 매장에 들어갔다. 밝은 빨간색 가방과 검은색 가방 중에 고민하다가 좀비들이 혹시라도 움직이는 밝은색을 보고 관심을 가질 수도 있으니 검은색 가방을 챙겼다. 지하로 내려가 카트에 잔뜩 담았던 물건을 꺼내 가방을 다시 채웠다. 초콜릿과 초코바, 할머니가 좋아하는 양갱과 마트 한쪽에 있는 약국에서 가져온 감기약, 진통제까지 챙겨 빈틈없이 쑤셔 넣었다. 확실히 책가방보다 많이 들어가고, 몸에 고정도 잘 됐다. 보조 스트랩까지 있으니 한결 편했다.

좀비들이 몰려오기도 했고 주변 상황도 파악할 겸 집으로 돌아갈 때는 마트에 올 때와 다른 길을 골랐다. 다행히 좀비들이 얼마 없었다. 조심히 가고 있는데 맞은편에서 차 뒤에 숨어 전방을 살피는 사람을 발견했다. 하얀색 도복을 입고 있는 덩치 큰 아저씨가 나를 보고 화이팅 포즈를 했다. 나는 아저씨를 경계하며 다른 길로 돌아갔다. 낯선 사람은 다 조심해야 했다. 그래도 마트에 가는 것 같은데 무사히 잘 도착하면 좋겠네.

아파트 단지 상가 근처를 지나는데 '세탁'이라 쓰여 있는 창문에 누군가 서 있었다. 할머니가 가끔 세탁물을 맡기는 가게였다. 혹시 살아 있는 사람인가 싶어 자세히 봤는데, 움직임 없이 그냥 서 있기만 했다. 주위를 천천히 살펴봤다. 치킨집 안에는 앞치마를 두른 채 홀을 천천히 왔다 갔다 하는 좀비가 있었고, 도로 건너편에는 구부정한 허리 때문에 정면을 잘 보지 못하고 걷는 좀비가 있었다. 동네를 오가며 본 할머니 할아버지였다. 공격당하면 후려쳐서라도 도망갈 거라고 챙긴 야구방망이가 너무 무겁게 느껴졌다. 내가 정말, 저 좀비들을…… 아니, 노인들을 공격할 수 있을까?

무거운 마음을 추스르며 집으로 달렸다. 어떻게 해서든지 살아남을 것이다. 나는 혼자가 아니니까, 할머니를 지켜야 하니까. 무슨 짓을 해서라도.

첫 외출은 성공이었다.

집으로 돌아오니 할머니가 이은우의 손을 잡고 울고 있었다. 거실로 들어서자 할머니가 눈물 바람으로 달려와 나를 끌어안았다.

"말도 없이 어디 갔었어, 너 설마 분유 가지러 밖에 나갔다 온 거야? 어?"

"할머니! 내가 한우도 가져왔어. 우리 배 터지게 먹자."

"이것아! 누가 한우 먹고 싶대! 위험하게 왜 밖을 나가, 왜!"

"좀비들 아무것도 아니더라. 수만 많지 느려서 나 따라오지도 못했어. 마트에 먹을 거 되게 많으니까 내가 또 가서 고기 가져올게. 할머니 먹고 싶은 거 말만 해. 다 집어 올 테니까."

그러자 할머니가 내 팔을 찰싹찰싹 때렸다. 손이 어찌나 매운지 억지로라도 맞아 줄 수가 없어 몸을 돌려 피했다. 이번에는 이은우의 잔소리가 쏟아졌다.

"네가 없어진 거 알고 할머니랑 내가 얼마나 놀란 줄 알아? 이제 나가지 마!"

"나 진짜 잘 달리는 거 알잖아……. 진짜 괜찮았어."

"그래 너 잘 달려서 좋겠다! 평소에는 동네 사람한테 인사도 안 하고 다니던 애가 무슨 바람이 불어서 이러는 거야!"

이제는 속이 터지는지 할머니가 가슴을 퍽퍽 내려치며 울음을 터뜨렸다. 얼른 가방을 내려놓고 할머니 손을 잡으려고 했는데 이미 이은우가 할머니의 손을 잡고 있었다. 누가 손주인지 모르겠네. 내가 한 짓이 있어서 입술만 삐죽 내밀고 구시렁거렸다.

"할머니 닮아서 그런가 보지."

할머니는 이 동네가 허허벌판일 때부터 지금까지 쭉 살다가 재개발 예정이라는 말에 같은 동네 아파트로 이사 온 토박이셨다. 성격도 좋고, 오지랖도 넓어서 동네에서 왕 언니, 큰 형님, 큰 누님 등으로 통했다. 누가 이사 오면 할머니가 제일 먼저 알았고, 동네에 새로 생긴 일은 다 할머니 귀에 들어갔다. 낯선 동네에 와서 잘 모르는 사람에게 제일 먼저 손을 내미는 것도 할머니였다. 할머니는 모르는 사람이 없었고, 할머니를 모르는 사람도 없었다.

그런 할머니와 다르게 아무에게도 인사하지 않는 나를 보며 몇몇 사람은 싸가지 없다고 수군거리기도 했다. 하지만 나는 모르는 사람에게 인사하고 싶지도 않고 말을 섞고 싶지 않았다. 이런 내가 누군가를 위해 좀비 사이를 뚫고 나갔다 오다니 신기하긴 했다. 나에게도 오지라퍼인 할머니의 피가 흐를 줄이야.

나는 할머니를 끌어안고 등을 토닥였다. 이은우는 여전히 하얗게 굳은 얼굴로 나를 보고 있었다. 소리 없이 입을 벙긋거리며 왜 그러냐고 물어도 고개를 내젓거나 어떠한 눈짓도 하지 않고 그저 서 있기만 했다. 겨우 울음을 그친 할머니는 세수하고 옷 갈아입고 온다며 안방으로 향했다.

"이은우, 나 없는 동안 무슨 일 있었어?"

"없었어. 넌 안 무서웠어?"

"별로. 나 힘도 세고 잘 달리잖아. 너 업고 달린 거 생각 안 나?"

"잘 달리는 건 알지만 밖은 위험하잖아."

"할 수 있어서 한 거지 뭐. 왜, 같이 나가고 싶었어?"

"……아니, 나는 못 해."

"그럴 수도 있지. 난 괜찮았어. 또 나갈 수 있을 것 같아. 아무튼 10층에 내려가서 고기 먹자."

"너 정말……."

이은우가 무언가를 속삭였지만 듣지 못했다. 다시 말해 달라고 하기 전에 이은우가 입을 열었다.

"난 올라가서 쉴게."

"한우인데 안 먹어?"

"피곤해서 자려고."

그렇게 말하는 이은우는 정말 피곤해 보였다. 이은우는 절뚝거리는 걸 최대한 숨기려 했지만, 다리에 힘이 잘 들어가지 않는지 걸을 때마다 몸이 오른쪽으로 기울었다. 아 맞아. 이은우 다리를 다쳤지. 언제쯤 나으려나……. 나는 그 뒷모습을 지켜볼 수밖에 없었다.

10층에 가기 전에 짐을 정리했다. 생리대나 할머니 간식 등을 수납장에 정리하고 고기 몇 팩은 냉장고에 넣어 놨다. 정리하는 동안 내가 정말 왜 그랬을까 생각해 봤다. 아기 엄마가 혼자 아기를 돌보기 위해 열심히 노력하는 모습에 우리 엄마가 떠올라서 그랬을까?

잘나가는 커리어우먼이었던 엄마는 아빠의 열렬한 구애로 결혼했다. 손에 물 한 방울 묻히지 않겠다는 레퍼토리는 거짓말인 줄 알았지만 아기 없이 둘만 행복하자는 말까지 거짓말인 줄은 몰랐을 테지. 아빠가 아기를 갖자고 계속 조른 건지 한순간의 실수인지 모르겠지만, 결국 내가 생겼다. 아빠는 나를 낳고 행복해하는 엄마를 보며 좋은 게 좋은 거 아니냐 했지만 엄마는 아빠보고 거짓말쟁이라며 코웃음 치곤 했다.

그렇게 부모님이 싸운 후에 엄마는 내 방에 들어와, 머리를 쓰다듬었다. 나를 만나 행복했지만 엄마는 일의 공백을 힘들어했다. 정작 아기를 낳자고 한 아빠는 육아를 전혀 하지 않아 아주 많이 미웠고, 때로는 아기인 내가 미웠지만, 그래도 내가 못내 사랑스러워 괜찮았다고 말하곤 했다.

우리 가족이 할머니 댁 근처로 이사 왔을 때, 엄마는 아주 멋진 정장을 입고 환하게 웃으며 다녀오겠다고 인사하고는 뒤도 돌아보지 않고 집을 나섰다. 나는 할머니 품에 안겨 평소와는 다른 엄마의 모습을 신기하게 바라보았다. 집을 나서는 엄마가 내가 아는 엄마가 아닌 것 같아서 낯설어서 그랬을까? 아니면 언젠가 내 곁을 떠나갈지도 모른다는 생각을 했을까?

엄마는 나를 사랑하지만 저 밖에도 사랑하는 게 있어. 엄마를 위로하고 싶지만 나 혼자로는 엄마를 달래 줄 수 없어. 내가 울어도 엄마는 집을 나갔다가 돌아와. 그러니까 괜찮아. 어린 나는 그런 생각을 하지 않았을까? 할머니가 내게 사랑을 듬뿍 주어서 엄마의 빈자리를 크게 느끼지 못해 다행이었다.

시간이 흘러 다른 지역으로 이사 가서 할머니와 떨어졌지만, 오지랖 넓고 발도 넓고 정도 많은 할머니에게 사랑을 흠뻑 받은 나는 혼자서도 씩씩하게 지낼 수 있었다. 엄마를 이해하고 사랑하면서도 엄마한테 서운해하고, 화내고, 슬퍼하고, 엄마 때문에 외로워하고, 체념한 후에 응원할 수 있게 되었다. 그렇게 자라 온 나라서, 엄마의 딸이 아니라 할머니의 손녀라서, 아기를 위해 무릎까지 꿇고 싹싹 비는 아기 엄마를 돕게 된 걸지도 모르겠다.

엘리베이터를 타고 내려가는데 배에서 꼬르륵 소리가 났다. 할머니는 아직도 붉은 눈시울로 내 엉덩이를 토닥거렸다.

"배 많이 고프겠네. 할머니가 맛있게 구워 줄게."

"아냐. 내가 할게."

10층 현관문을 두드리자 아기를 안고 있는 아기 엄마가 문을 열어 줬다. 집으로 들어가서 제일 먼저 손을 잘 닦은 다음 가방 안에서 고기와 분유를 꺼냈다.

"이거 맞죠?"

"맞아요! 세상에, 고마워요, 정말 고마워요……."

아기 엄마는 눈물을 뚝뚝 흘리면서 연신 감사 인사를 하더니 서둘러 젖병에 분유를 탔다. 아기는 엄마 품에 안겨 방실방실 웃다가 입에 젖병을 넣자마자 빨았다. 꿀떡꿀떡 넘어가는 소리와 쉴 새 없이 움직이는 입술, 젖병을 강하게 쥔 손, 먹는 것에 집중하는 눈빛. 이 모든 것들을 보며 아주 강렬한, 삶에 대한 의지를 느꼈다. 살고 싶다는 게 아주 생생히 느껴져서 눈물이 나올 것 같았다. 우리 모두 말하지는 않았지만 느껴지는 게 비슷했는지, 눈가에 눈물을 매단 채 아기를 바라보며 웃고 있었다. 아기는 그동안 배가 많이 고팠는지 단숨에 한 병을 싹 비우고 반 병을 더 먹고 나서야 천사처럼 잠이 들었다.

우리는 아기가 자는 동안 얼른 식사를 하기로 했다. 달궈진 프라이팬과 한우가 만나는 소리는 환상적이었다. 이 집에 식재료는 없어도 소스는 있어서, 허브소금과 와사비, 초장 등 각자 찍어 먹고 싶어 하는 소스를 앞에 가져다 두었다. 내가 고기를 굽는 동안 할머니는 냉장고에서 반찬을 꺼내 그릇에 담고, 아기 엄마는 밥솥에서 밥을 퍼 담았다.

제일 비싼 고기로 가져왔는데 정말 입안에서 살살 녹았다. 웃기게도 좀비들 사이를 뚫고 갔다 오기를 잘했다는 생각이 들 정도였다. 우리는 말없이 웃으면서 계속 고기를 구워 먹다가 어느 정도 배가 차자 대화를 하기 시작했다.

아기 엄마의 이름은 이지혜, 서른다섯 살이고, 아기는 한사랑, 이제 48일 됐다는 걸 알 수 있었다. 지혜 이모는 사랑이가 많이 울지도 않고 분유를 먹고 토하거나 배앓이도 안 했으며, 순하게 잘 잔다며 자랑을 했다. 분유 이야기를 할 때 눈시울을 붉히더니 떨리는 목소리로 말했다.

"하다 학생……. 정말 고마워요. 이 은혜 절대 잊지 않을게요. 제가 뭐든 다 할게요. 설거지, 빨래, 청소 다 할 수 있어요."

"어제는 모질게 말했지만, 아기 낳은 지 얼마 안 됐는데 그런 거 안 시켜. 사랑이 엄마는 자기 몸이나 잘 챙겨. 나중에 나이 들어 고생해."

할머니는 혀를 차더니 미운 놈 떡 하나 더 준다는 듯이 아기 엄마 밥 위에 고기를 얹어 줬다. 아기 엄마는 애써 눈물을 참으며 밥과 고기를 한입에 넣었다.

고기를 다 먹고 뒷정리를 했다. 설거지를 하려는데 아기 엄마가 자신이 한다며 한사코 말렸다. 그러자 할머니가 아기 엄마는 가서 쉬라며 본인이 한다고 나섰다. 할머니는 작지만 단단해서 아기 엄마를 쉽게 엉덩이로 밀어냈다. 아기 엄마는 어쩔 줄 몰라 했지만, 할머니가 "아기 깬 거 아니야?"라고 말하자 얼른 안방으로 들어갔다. 나는 한숨을 삼키며 할머니가 고무장갑을 끼기 전에 엉덩이로 할머니를 밀어내며 대신 꼈다. 할머니는 어쩔 수 없다는 듯 한숨을 쉬더니 수도꼭지를 온수 쪽으로 돌려서 틀었다.

"설거지 잘해. 그릇 미끌거리게 하지 말고."

"어. 할머니는 쉬어."

설거지를 다 끝내고 행주로 싱크대까지 싹 닦고 고무장갑을 벗어 손을 닦았다. 젖은 손을 옷에 쓱쓱 문지르는데 아기 엄마가 아기를 안고 거실로 나왔다. 아기가 깼다는 게 할머니의 거짓말인 줄 알았는데, 정말로 사랑이는 똘망똘망한 눈으로 이쪽을 바라보고 있었다.

"우리는 가 볼게. 무슨 일 있으면 전화로 부르고."

"저…… 같이 있으면 안 될까요?"

그 말을 듣고 할머니는 입술을 달싹이다가 깊은 한숨을 내쉬었다. 나는 할머니가 바로 그러자고 하면 안 된다고 말리려 했는데, 아무 말씀도 하지 않아서 놀랐다.

"사랑이 엄마, 내가 하다가 싫어할 거 같아서 말 안 하려고 했는데 아기도 있고 하니까 해야겠어."

아기 엄마는 불안한 듯 아기를 끌어안았다. 영문을 모르는 사랑이만 해맑게 웃었다.

"내 나이가 일흔다섯이야. 좀비가 된다는 65세는 한참 넘었다고. 하다야 각오하고 여기 남은 거지만 사랑이 엄마는 처지가 다르잖아. 차라리 아기랑 둘만 있는 게 낫지 않겠어? 아기를 위해서 그렇게 간절히 부탁할 정도면 뭐가 더 중요한지 생각해 봐야 할 거 아냐. 하다가 밖으로 말도 없이 나갔을 때는 놀라서 하늘이 무너지는 줄 알았지만, 얘는 또 나갈 애야. 매일 뛰던 애가 집에만 있으니 얼마나 갑갑하겠어. 나는 하늘이 무너져라 우는데 뛰고 와서 개운한 얼굴로 집에 들어오는 꼴을 생각하면 정말……."

할머니는 그때만 생각하면 속이 뒤집힌다는 듯 내 팔을 찰싹찰싹 때렸다. 입이 두 개라도 할 말이 없어서 맞은 팔만 쓱쓱 문질렀다.

"봐 봐, 안 나간다는 말은 안 하는 거. 말려도 나갈 거야. 누구를 닮은 건지 정말 똥고집이라니까."

그건 그랬다. 한번 나갔다 오니 좀비들이 날 에워싸기 전에 재빨리 도망갈 자신감이 생겼다. 유리그릇을 들고 다니며 좀비가 몰린다 싶을 때 던져서 관심을 돌리는 방법도 있고. 내가 말없이 고개만 끄덕이자 할머니가 내 등을 또 때렸다. 아파서 몸부림치는 나를 보며 다시 입을 열었다.

"분유가 떨어지기 전에 말하면 하다가 구해 올 테니 너무 걱정 마."

할머니가 이런 생각을 하고 계신 줄 몰랐다. 나는 말없이 할머니 옆으로 가서 손을 잡았다. 그러자 할머니도 내 손을 강하게 마주 잡았다. 사랑이 엄마가 할머니 말을 듣고 불안해져서 말을 바꾸더라도 이해할 수 있었다. 내가 할머니를 지키기 위해 남았 듯이, 사랑이 엄마는 사랑이를 지켜야 하니까.

"저는 사랑이에게 뭐든지 해 주고 싶어요. 남편이 아무리 그래 도 아기는 엄마 손에서 자라야 하지 않겠냐고 해서 일도 그만뒀 고, 혹시라도 학대당하면 말 못 하는 아기 불쌍해서 어떻게 하 냐고 해서 퇴원 후에 몸은 힘들어도 사람 안 쓰고 저 혼자 열심 히 돌봤어요. 인터넷으로 검색하고 책으로 공부하면서 노력했는 데…… 너무 어려워요. 우리 사랑이 정말 잘 키우고 싶은데 잘 안 돼요. 이제 병원에 데려가서 물어볼 수도 없고, 남편도 없는데 사랑이랑 단둘이 있어야 한다는 게 더 힘들 것 같아요.

어머님은 저보다 경험이 많잖아요. 저 좀 도와주세요. 혹시 알아요? 아기랑 같이 있으면 65세가 넘는 사람이 좀비로 안 변하게 될지? 하다 학생, 스파게티 이런 거 먹고 싶지 않아요? 내가 해 줄게요. 돈가스도 만들어 주고, 피자, 피자도 만들어 줄게요. 물론 하다 학생이 재료를 가져와야 만들 수 있겠지만…… 아, 저 옷도 만들 줄 알아요! 사랑이 옷도 제가 만든 거예요. 인형 좋아해요? 인형도, 인형 옷도 만들어 줄게요."

엄마는 얼른 나가서 일하고 싶었다는데, 사랑이 엄마는 달랐다. 아무리 아기를 사랑한다지만 혼자 키우는 것도 힘들고, 대화할 사람이 없는 것도 힘들겠지. 그렇지만 할머니가 좀비가 될 수 있다는 사실보다 혼자서 아기를 돌보는 게 더 큰 공포라는 게 믿어지지 않았다. 아기를 키우는 게 얼마나 어렵고 힘든 건지 조금이나마 알 수 있었다. 내가 아기일 때 엄청 예민하고 까탈스러웠다고 했는데, 엄마는 더 많이 힘들었겠지?

"내가 차마 못 물어봤는데 지금은 물어봐야겠어. 사랑이 아빠는 어디 간 거야? 먹을 거 찾으러 갔다가 돌아오지 못한 거야?"

"모르겠어요. 핸드폰을 잃어버렸는지 연락이 안 돼요……. 출근할 때 다른 지역에 있는 공장에 바로 가야 한다고 했었거든요. 남편 보내고 사랑이 분유 먹이고, 낮잠도 자고, 청소도 하고, 그날따라 사랑이가 잘 자고 혼자서도 잘 있어서 저녁 식사 준비까지 마쳤는데도 남편이 안 오는 거예요. 회식이 있나? 야근인가?

연락해 보려고 핸드폰을 봤을 때야 도시가 봉쇄된 걸 알게 됐어요. 너무 늦게 알아서 그때는 도시를 빠져나갈 방법이 없었어요."

"아이고……."

"이제는 남편이 무사한지라도 알고 싶어요. 혹시, 혹시……."

때마침 핸드폰 진동 소리가 들렸다. 할머니 핸드폰은 아니었다. 아기 엄마는 깜짝 놀라며 핸드폰을 찾았다. 내가 먼저 텔레비전 수납장 위에서 충전 중인 핸드폰을 발견했다. 핸드폰 화면에는 저장되지 않은 번호가 떠 있었다. 아기 엄마에게 핸드폰을 건네자, 고개를 갸웃거리더니 전화를 받았다.

"여보세요?"

"자기야, 살아 있었구나!"

"오빠? 오빠야?"

슬픔에 잠겼던 아기 엄마가 환하게 웃었다. 사랑이를 보며 짓는 웃음과는 또 다른 웃음이었다. 사랑하는 사람의 생사를 확인하고, 목소리를 들은 것만으로도 행복해 보였다.

"내가 연락이 늦었지? 핸드폰을 잃어버린 데다가 회사 일 때문에 정신이 없었어. 자기는 어디야?"

회사 일? 지금 아내랑 자식보다 회사 일이 먼저였다는 거야? 생판 남인 내가 들어도 화가 치솟는데, 당사자인 아기 엄마는 남편이 살아 있다는 것 자체가 기쁜지 눈물을 글썽이고 있었다.

"나, 나 우리 집이지."

"집이라고? 집에 있으면 어떡해!"

"사랑이 돌보느라 도시를 봉쇄한다는 걸 몰랐어. 오빠, 우리 구하러 언제 와?"

"뭐? 자기야……. 거기 좀비들이 득실득실하다는데 내가 거길 어떻게 가. 말이 되는 소리를 해야지."

"나는? 우리 딸은, 사랑이는 어쩌고?"

아기 엄마의 입술이 파르르 떨렸다. 아기 아빠가 빈말이라도 좋으니 두 사람을 위하는 말을 해 주기를 바랐다. 조금만 기다려라, 방법이 있을 거다……. 그러나 핸드폰 너머의 사람은 남편도, 아빠도 아니었다.

"그래도 전기니 수도니 다 나온다며. 정부에서 봉쇄 풀어 줄 때까지 버텨 봐. 어차피 지금까지 너 혼자 아기 잘 돌봤잖아."

사랑과 희망으로 반짝거리는 눈빛이 천천히 사그라들었다. 아까까지만 해도 사랑이 엄마가 아니라 한 남자의 아내, 한 남자를 사랑하는 한 여자였는데, 그 사람이 사라지고 말았다. 피부가 하얗게 질리고 눈에서 생기가 빠진 모습이 좀비처럼 보일 정도였다.

그때였다. 사랑이가 엄마의 마음을 알고 위로하는 것처럼 빽! 소리를 지르더니 손을 흔들었다. 물을 흠뻑 마시고 싱그러워진

꽃처럼 사랑이 엄마의 얼굴이 피어났다. 사랑이 엄마는 한 손으로는 사랑이를 안고, 다른 손으로는 핸드폰을 들고 있어서 빈손이 없었다.

그걸 보고 나도 모르게 손을 뻗어 사랑이 손에 내 손가락을 넣었는데, 사랑이가 반사적으로 내 손가락을 움켜잡았다. 왠지 모르게 감동적이었다. 내가 구해 온 분유를 먹고 이렇게 힘을 내는구나. 엄청 작은 손인데 너무 따뜻하고 말랑거렸다. 손가락도 작고 손톱은 더 작아…… 세상에 속눈썹 긴 거 봐. 깜박거리면 정말 나비의 날갯짓처럼 보일 것 같았다. 머리카락은 한 줌이라 후하고 불면 민들레 홀씨처럼 사방팔방 날아갈 것 같았다. 숱이 많이 없어 보이는데 나중에 풍성해지나?

다른 손으로 머리카락을 쓰다듬다가 사랑이 엄마와 눈이 마주쳤다. 자신의 아기가 사랑받고 있다는 사실이 기쁘다는 듯, 아주 온화하고 다정한 얼굴을 하고 있었다.

"그러니까, 자기 통장에 있는 돈 좀 다 송금해 줘. 적금이니 주식 같은 것도 다 처분해서."

내가 사랑이에게 정신이 팔린 동안 계속 통화 중이었나 보다. 아까보다 더 화가 나는 내용이 핸드폰 너머로 흘러나왔다. 그러나 사랑이 엄마는 사랑이를 지키겠다는 듯 굳센 표정으로 사랑이 볼에 입을 맞췄다.

"내 남편은, 사랑이의 아빠는 죽었다고 생각할게. 다시는 전화하지 마."

"자기야, 자기—."

더는 말을 섞고 싶지 않다는 듯 냉정하게 말하고, 저쪽에서 애타게 부르건 말건 단호하게 통화를 종료했다. 끊고 나니 마음이 복잡해졌는지 사랑이 엄마는 붉어진 눈시울로 천장을 바라봤다.

"사랑이 엄마, 잘했어."

할머니가 사랑이 엄마의 등을 다독이자 눈물이 터지고야 말았다. 할머니가 눈짓으로 나더러 사랑이를 챙기라고 해서 얼떨결에 사랑이를 안았다. 낯을 가리지 않는지, 아니면 사랑이를 위해서 열심히 달린 걸 아는지 사랑이는 내 품에 얌전히 안겨 있었다. 힘주면 터질 것 같고 약하게 안으면 떨어질 것 같아서 엉거주춤한 자세가 되었다. 사랑이는 내 머리카락을 잡아당겨 입에 넣었다. 얼른 잡아 뺐지만 이미 침 범벅이었다. 침이 묻은 걸 보고 반사적으로 인상을 쓰긴 했지만 웃는 사랑이를 보자 따라 웃고 말았다. 아기는 뭐든지 입으로 가져간다는 말을 듣기만 했지 진짜로 이럴 줄은 몰랐다. 처음 봤을 때는 못생긴 아기 원숭이 같았는데 지금은 마냥 귀여웠다. 아기는 참 이상한 존재였다.

사랑이가 내 품에 있는 것처럼 사랑이 엄마가 할머니 품에 안겨 있었다. 사랑이가 놀랄까 봐 소리도 내지 못하고 우는 모습이 안쓰러웠다.

"저 잘한 거겠죠? 그런데 우리 사랑이, 아빠 없는 아이라고 손 가락질당하면 어떡하죠? 아빠 어디 갔냐고 물어보면 뭐라고 해야 해요? 진짜 사랑했는데…… 드디어 내 가족이 생겼다고 엄청 행복했는데……."

"가족이 뭐 별건가. 같이 있으면 가족이지. 앞으로 우리를 가족으로 생각하면 되잖아. 그리고 이혼? 그거 별거 아녀. 우리 딸도 이혼했거든."

할머니는 사랑이 엄마를 아기처럼 토닥이면서 엄마가 어떻게 이혼했는지, 어떤 마음으로 이혼했는지, 이혼하고서 어떻게 지냈는지 두런두런 말하기 시작했다. 이런 일이 처음이 아니었다. 할머니를 사랑하지만, 남에게 우리 가족 이야기를 쉽게 말하는 건 싫었다. 창피하기도 하고 화가 날 때도 있었다. 왜 내 이야기를 남에게 마음대로 말하지? 왜 우리 엄마에 대해 이러쿵저러쿵 떠들어 대는 거지?

엄마의 이혼이 부끄러운 건 아니었지만, 모르는 사람들끼리 모여 저 집 딸이 말이야 하며 떠들어 대는 걸 상상하면 화가 났다. '엄마가 되어서 아이도 돌보지 않고 밖으로 돌아다니니까 이혼당하지.' '남편이 얼마나 외로웠을까.' '자식이 불쌍하네.' 집으로 가는 길에 실제로 들은 말이었다. 아이를 돌보는 건 엄마만이 아니라 아빠도 해야 할 일이었다. 항상 엄마만 욕먹는 게 이해되지 않았다. 게다가 나는 할머니에게 듬뿍 사랑을 받았기 때문에 전혀 불쌍하지 않았다.

차마 할머니에게 그러지 말라고 할 수 없어 엄마에게 투덜거리면, 할머니 성격 알면서 그만 투덜거리라고 어깨를 으쓱거렸다. 할머니와 먼저 산 사람의 의연함이었다.

그렇지만 할머니의 이야기를 들으며 같이 화내고 위안받고 힘내겠다고 말하는 사랑이 엄마를 보니까, 이야기를 나누는 게 마음을 나누는 일이고 그게 그렇게 나쁘지만은 않다는 걸 조금은 알 것 같았다. 사람 사는 거 다 비슷하고, 앞에 가는 사람의 뒷모습을 보면서 힘을 낼 수도 있는 거니까.

"그런 놈은 잊어버려. 그래도 만약에 좋은 사람 만나면 너무 망설이지 말고 만나 봐. 인생 짧아."

할머니의 말을 들으니까 현동 할아버지가 떠올랐다. 나이는 할머니보다 두 살 어리지만, 한동네에서 같이 자란 소꿉친구라고 했다. 머리를 단정히 빗고 옷도 깔끔하게 입고 다니셔서 동네에서 멋쟁이 할아버지로 통했다. 동네 할머니들이 현동 할아버지를 보고 소녀처럼 웃던 걸 기억한다. 할머니들의 연예인이었던 할아버지가 우리 할머니에게는 얼마나 정중하고 다정다감하게 대하시던지.

내가 보기에 현동 할아버지가 우리 할머니에게 호감이 있는 것 같았다. 할머니의 생각은 어떤지 모르겠지만, 현동 할아버지는 다른 할머니들과 우리 할머니를 대하는 태도가 분명 달랐다. 전화를 안 받아서 괜찮으신지 모르겠다. 할아버지의 집을 알면 찾아가 보기라도 할 텐데……. 할아버지가 무사하셨으면 좋겠다.

5

당분간은 이 생활에 적응하고 식량을 모으는 데 집중하기로 했다. 할머니와 나. 이렇게 두 명에서 이은우까지 세 사람으로. 이제는 이모라 부르게 된 사랑이 엄마와 사랑이까지 총 다섯 명이 되었다. 그저 사람 수만 늘어난 것뿐이라고 생각했는데, 열 배는 더 힘들었다.

사랑이는 순하고 얌전했지만 조금이라도 불편한 것이 있으면 밤낮으로 울었다. 똥 싸면 울고 배고파서 울고 졸려도 울었다. 다 같은 울음인 줄 알았는데 할머니는 어떻게 알아채는지 능숙하게 잘 달래 주었다. 나는 옆에서 기웃거리며 사랑이를 빤히 바라보거나 작은 손 안에 내 손가락을 넣어 보는 것밖에 할 수 있는 게 없었다.

내가 잘하는 건 역시 힘쓰는 일이었다. 할머니와 내가 10층과 19층을 오가는 것보다 가까이 머무는 게 나을 것 같아 앞집 문을 열기로 했다. 할머니, 지혜 이모, 사랑이는 10층 집에서 짐을 챙겼고 나는 드라이버와 망치를 이용해 도어록을 분리했다. 소리가 좀 시끄러웠는지 계단에서 이은우가 내려오고 있었다.

"뭐 하는 거야?"

"앞집 문 따."

"먹을 거 때문에?"

"그런 것도 있고. 10층에 지혜 이모, 그러니까 아기 엄마랑 갓난아기랑 둘이 있어서 우리 앞집으로 오라고 했거든. 할머니가 앞집 사람들도 잘 아니까 괜찮을 거래. 할머니가 모르는 사람이 이 동네에 있기는 한 건지."

"아…… 그렇구나. 앞으로도 네가 계속 분유 구해 오는 거야?"

"그래야지. 분유랑 기저귀랑……. 어차피 언제 봉쇄가 풀릴지 모르니까 우리 먹을 것도 더 챙겨 놔야 할 것 같아. 너도 필요한 거 있으면 말해. 마트에 있으면 갖다줄게."

"괜찮아."

이은우의 답이 너무 빨리, 단호하게 나와서 당황스러울 정도였다. 약간의 침묵이 흐르는데 10층에서 할머니, 지혜 이모, 사랑이가 올라왔다.

"안녕하세요. 하다 친구 이은우라고 합니다. 20층 살아요."

"반가워요. 하다는 나를 지혜 이모라고 부르는데, 은우 학생도 그렇게 불러 줘요. 얘는 내 딸 한사랑. 사랑아, 이제 잘생긴 오빠도 생겼네."

이은우는 잘생겼다는 소리를 하도 들어서 그런가 부끄러워하는 기색도 없이 웃었다. 아까의 어색함이 사라져서 다행이었다. 도어록 틈에 드라이버를 넣고 힘주어 들어 올리자 딱 소리가 나며 도어록이 문에서 분리되었다. 문을 열고 들어간 집은 난장판이었다. 차마 챙기지 못한 옷들이 널브러져 있었고, 화장실 불은 아직도 켜져 있었다. 신발을 신고 돌아다녔는지 바닥 여기저기에 발자국도 남아 있었다.

"청소부터 해야겠어요."

"널브러진 건 작은 방에 넣고 청소기 돌리고 물걸레질만 하면 그런대로 괜찮을 거야."

지혜 이모는 잠든 사랑이를 우리 집 거실에 눕혔다. 두 집 문을 활짝 열어 놔서 사랑이가 깨면 알 수 있을 터였다. 지저분한 것은 버리는 게 제일 편하겠지만 잠시 빌리는 거니까 잘 정리하기로 했다. 거실에 있는 옷과 양말 등을 주워 세탁기에 넣었다. 빨래가 돌아가는 동안 할머니는 냉장고를, 지혜 이모는 가벼운 물건들을 정리했다. 내가 청소기를 돌리자 이은우가 밀대 걸레를 잡고 내 뒤를 따라다녔다.

젖은 물걸레로 내 뒤꿈치를 치는데 처음에는 실수라고 해도 다섯 번째는 실수가 아니지! 아까의 어색함을 풀려고 하는 것 같은데 너무한 거 아니야? 마지막은 정말 아팠다. 내가 몸을 돌려 청소기로 위협하자 이은우도 밀대 걸레로 내 청소기를 밀었다.

"얼씨구, 다 큰 것들이 뭐 하는 거야."

어릴 때도 안 해 본 힘 싸움을 하는데 할머니가 혀를 찼다.

"얘가 내 뒤꿈치를 계속 쳐!"

"실수라니까?"

"그게 실수면 뒤꿈치 터지겠다?"

"청소기 미는 데 한세월 걸리잖아."

"너 이런 캐릭터였냐? 내가 너 가볍게 이긴다고 했지?"

우리가 티격태격하는 걸 보다 못한 할머니가 불호령을 내렸다.

"할 일이 태산인데 장난 그만하고 얼른 청소해!"

그제야 투덜거리는 걸 멈추고 청소를 다시 시작했다. 그러다가 눈이 마주쳐서 킥킥 웃고 말았다. 평화로운 토요일 오전이었다.

"이따가 시원하게 비빔국수 말아 먹을까?"

"고기 구워서 같이 먹으면 되겠다!"

청소를 열심히 한 탓인지 군침이 돌았다.

"다들 비빔국수 괜찮아?"

"좋죠!"

지혜 이모는 깨끗하게 정리한 거실에 아기 이불을 펴고 사랑이를 데려와 눕혔다. 할머니, 이은우와 함께 우리 집으로 건너가 점심식사 준비를 했다. 내가 냉장고에서 양념을 꺼내고 고기 구울 준비를 하는 동안 우리 집 큰 손 조끝순 여사님은 끓는 물에 소면을 왕창 넣었다.

"할머니 그거 누가 다 먹어!"

"입이 넷인데 못 먹겠어? 그리고 국수는 배 빨리 꺼져서 많이 먹어야 해."

그건 맞는 말이었다. 게다가 할머니는 국수 가게를 오래 해서 그런지 국수를 정말 맛있게 만들었다. 배불러도 훌훌 들어갈 정도였으니 저만큼 삶아도…… 그래도 많은데?

"현동이도 내가 만든 국수 좋아했는데……."

할머니가 작게 중얼거리는 소리를 듣지 못했으면 너무 많이 만드는 게 아니냐고 잔소리를 할 뻔했다. 아무래도 할머니는 할아버지가 계속 걸리는 것 같았다. 핸드폰을 만지작거리며 현동이라고 이름을 부르며 한숨만 푹푹 쉬는 게 벌써 몇 번째인지 모르겠다.

나는 국수를 식힐 채반을 꺼내면서도 계속 현동 할아버지를 생각했다. 가끔 산책을 하거나 슈퍼에 가는 할아버지를 봤으니 이 동네 사는 건 분명했다. 현동 할아버지가 좀비가 된 게 아니라면 혼자서 버티고 계실 터였다. 아파트 단지와 주택가를 모두 확인하는 건 어렵지만, 시도라도 해야 할지 머릿속이 복잡했다. 설령 현동 할아버지를 찾는다고 하더라도 먹을 게 충분할지 생각해 봐야 했다. 사람의 입이 늘어날수록 내가 해야 할 일이 많아지는 건 사실이었으니까. 무엇보다 같이 잘 지낼 수 있을지도 고민해야 했다. 그동안 봤던 할아버지는 매너가 좋았지만 함께 지내면 어떤 모습일지 모르니까. 그때 가서 괜히 데려왔다고 후회하지 않으려면 미리 준비하고 각오해야 했다.

하루에도 몇 번씩 마트를 오가며 분유와 기저귀를 비롯해 냉장식품과 즉석식품, 각종 통조림, 휴지, 비누 등을 챙겼다. 치킨 가게를 지나치는 방향으로 마트를 갔으면 집에 돌아올 때는 다른 길로 왔다. 다시 마트를 향할 때는 아파트 단지를 빙 돌아 몰려 있는 좀비를 피해 다녔다. 여러 번 하다 보니까 어떻게 하면 짐을 요령껏 챙길 수 있는지, 어디로 가는 게 더 안전한지 알게 되었다.

오늘도 마트에서 먹을 걸 가져오는 중이었다. 냉장식품을 그냥 두면 다 상할 거 같아 마트에 갈 때마다 냉동고에 조금씩 옮겼다. 고기, 두부, 소시지, 돈가스 등과 마트에서 만들어 팔던 식품은 대부분 냉동실에 넣었고 냉장 스파게티나 냉장 떡볶이 같은 건

유통기한이 짧은 것만 냉동실에 넣어 놨다.

마트에서 사람을 만날 수 있지 않을까 생각했는데 그때 거리에서 도복을 입고 있는 아저씨 말고는 본 적이 없다. 하긴 도시가 봉쇄된 지 이제 일주일 좀 지났으니 아직은 가지고 있는 식량으로 버티겠지. 아니면 마트보다 더 가까운 집 앞 편의점에서 구하거나. 그런 곳에서 챙길 게 다 떨어진다면 대형 마트로 몰릴 수밖에 없다. 근방에 사람들이 얼마나 남아 있는지도 모르니까 마트의 식량이 얼마나 빨리 사라질지 짐작할 수도 없었다. 그저 내가 최선을 다해 하루에 몇 번씩 오가며 식량을 모을 수밖에.

이번에는 아파트 단지를 빙 둘러서 집으로 가고 있는데 어디선가 큰 소리가 들려왔다.

"학생! 먹을 것 좀 줘!"

소리가 들리는 곳을 찾다가 2층 베란다에 서 있는 남자와 눈이 마주쳤다.

"그래! 여기! 배고파 죽겠어! 제발 라면이라도 줘!"

제대로 씻지도 않았는지 멀리서 봐도 꼬질꼬질했다. 뜨거운 물이 나오는데 왜 저런 꼴인지 알 수 없었다. 왜 저렇게 당당하게 먹을 걸 요구하는지는 더더욱 이해할 수 없었고. 아무리 봐도 65세를 넘은 거 같지 않은데 왜 남아 있던 거지? 의아하긴 했지만 나처럼 사정이 있겠거니 싶었다.

모르는 사람에게 도움을 청할 정도면 많이 굶주린 거 같아 뭐라도 주고 싶었으나 먹을 건 가방 아래쪽에 있었다. 꺼내려면 짐을 파헤쳐야 하는데 남자의 외침 때문에 좀비들이 이쪽으로 다가오고 있었다. 조용히 하라는 뜻에서 손으로 입을 막았으나, 무슨 오해를 했는지 더 고래고래 소리를 질렀다.

"먹을 거 달라고! 먹을 거!"

건너편 도로에 있는 좀비까지 들릴 수 있을 만큼 악을 썼다. 그것도 모자라 내 쪽을 향해 신고 있던 슬리퍼를 던졌다. 그뿐만이 아니었다. 라이터, 화분, 캠핑 의자까지 바깥으로 내던졌다. 내가 맞거나 말거나 상관하지 않겠다는 듯 마구잡이로 던지는 걸 보고 뒤도 돌아보지 않고 그 자리를 떠났다.

"저년이 사람 버리고 간다! 내가 죽으면 다 너 때문이야!"

나야말로 저 아저씨 때문에 죽을 뻔했다. 다리에 힘이 풀렸지만 이를 악물고 뛰어서 울타리를 넘고 도로를 지나 평소보다 더 돌아서 갔다. 앞으로는 이쪽으로 못 다닐 것 같았다. 그런데 저 아저씨는 내가 죽든 말든 상관없었나? 저렇게 날뛰는 사람이 또 있으면 어떻게 하지? 이런저런 생각으로 머리가 아팠다. 짜증이 난 채 아파트 현관 입구로 향하는데 1층 베란다에서 누가 쳐다보는 게 느껴졌다. 평소라면 관심을 가졌겠지만 방금 있었던 일 때문에 눈길도 주지 않고 집으로 향했다. 이젠 좀비보다 사람이 더 무서웠다.

　며칠이 지나자 마트에서 마주치는 사람들이 늘어났다. 식량이 떨어진 집이 점점 늘어났거나, 봉쇄가 쉽게 풀릴 것 같지 않다는 불안감이 퍼진 것 같았다. 좀비에게 공격당할 걸 대비해 두꺼운 옷을 입고 땀을 뻘뻘 흘리는 사람도 있었고, 넘어진 건지 상처가 난 사람도 있었다. 그러나 넘어져서 생긴 건지, 좀비에게 공격당한 건지 알 수 없으니 생긴지 얼마 되지 않은 상처가 있으면 사람들은 적대감을 보이며 마트에 들어오지도 못하게 했다. 집으로 돌아가는 길에 빈손으로 힘없이 가는 사람을 보게 됐다. 나는 망설이다 라면을 담은 봉투를 그 사람에게 던져 주었다. 감사하다고 흐느끼는 인사를 뒤로한 채 달렸다.

　하루에도 몇 번씩 마트를 오가며 식량과 약, 휴지 등 되는 대로 챙겼다. 할머니와 지혜 이모가 먹을 건강식품, 사랑이에게 필요한 옷과 장난감, 이은우가 부탁한 버터와 밀가루, 설탕, 초콜릿까지 모조리 쓸어 왔다. 우리 집, 이은우네 집, 지혜 이모네 집, 옆집만으로는 냉장, 냉동 식품을 저장할 공간이 부족해서 아랫집 문을 뜯어 짐을 정리했다. 외식이나 배달시켜 먹는 집이 많다더니, 덕분에 냉장고가 텅텅 비어서 정리하기는 편했다.

　할머니는 냉장고를 정리하다가도 한숨을 쉬고, 요리를 하면서도 한숨을 쉬었다. 때때로 베란다에 서서 가만히 아래를 내려다

보셨다. 고층이라 얼굴을 알아보기 어려울 텐데도, 누군가를 찾는듯 유심히 살폈다. 동네 할머니들에게 전화를 걸어 연결이 되면 한참 동안 통화하기도 했다.

나는 할머니가 좋아하는 화려한 꽃이 그려진 유리잔에 얼음을 동동 띄운 믹스커피를 건넸다.

"할머니, 커피 드세요."

"어? 어어. 잘 마실게."

커피 마실 기분이 아닌지 얼음이 컵에 부딪쳐 달그락거리는 소리만 들렸다. 할머니의 얼굴이 점점 수척해지는 것 같아 걱정이었다. 현동 할아버지 걱정으로 할머니가 말라 가는 걸 보느니 차라리 할아버지가 좀비가 되었더라도 내 눈으로 확인하는 게 더 나을 것 같다는 생각이 들었다. 그런데 만약 친절하고 따뜻했던 할아버지가 먹을 걸 달라며 나에게 물건을 집어 던졌던 아저씨처럼, 가방을 뺏으려 했던 이름 모를 언니처럼, 도망치다가 날 좀비 쪽으로 밀려고 하던 아주머니처럼 위협적으로 변했으면 어쩌지?

인간이 위험에 처하거나 최악의 상황에 닥쳤을 때 얼마나 이기적이고 나쁘게 변할 수 있는지 몇 번이고 본 탓에 두려웠다. 그래도 찾아보는 게 좋겠지. 큰맘 먹고 입술을 떼려는 순간이었다.

거친 배기음 소리와 환호성이 들렸다. 베란다로 나가 내려다보니 어떤 사람이 선루프를 열고 몸을 내밀어 소리를 지르고 좀비들이 그 차를 따라다니고 있었다. 그중에는 다른 좀비들보다 유난히 빠른 좀비도 있었다. 좀비가 뛴다고? 놀라서 난간을 붙잡은 채 몸을 최대한 기울여 살펴봤다. 엄청 빠르지는 않았지만 지치지 않고 일정한 속도로 달리고 있었다.

곡예를 하는 것처럼 좀비를 피해 요리조리 이동하던 차는 좀비가 몰려 있는 뒤를 향해 별안간 후진을 했다. 망설임은 하나도 없어 보였다. 차에 치여 볼링핀처럼 쓰러진 좀비들은 팔다리가 기괴하게 돌아간 채로 일어나려고 노력 중이었다. 저들이 공격한 게 살아 있는 사람이 아니라 좀비라는 걸 알면서도, 눈앞의 광경에 순간적으로 경직되어 어깨가 딱딱하게 굳어 아프기까지 했다.

"뭐야? 무슨 일이야?"

"아니야! 할머니 나오지 마! 이은우, 할머니 좀 부탁해!"

"알았어!"

할머니가 보면 충격받을 것 같아 이은우에게 할머니를 맡기고 상황을 살폈다. 어떤 좀비들은 큰 충격으로 일어나지 못한 채 버둥거렸고, 어떤 좀비들은 천천히 일어나서 다시 자동차를 쫓았다.

"좀비라서 잘 안 죽나 봐! 한 번 더!"

"오케이! 내려와서 벨트 매!"

서 있던 사람이 차 안으로 들어가자 운전자는 주차장을 크게 돌더니 이번에는 앞쪽으로 액셀을 밟았다. 뒤로 후진했다가 다시 앞으로 돌진하기를 몇 번 반복하자 쓰러진 좀비들 때문에 길이 막히기까지 했다. 베란다로 나와 그 광경을 지켜보던 사람들은 박수를 치거나 휘파람을 불며 응원했다.

"저희가 좀비 좀 없애 드렸어요! 봉쇄가 풀릴 때까지 다 같이 잘 버텨 봅시다!"

다시 선루프가 열리고 한 사람이 나타나 소리를 지르자 아파트 단지에서 환호성이 쏟아졌다. 다른 곳으로 가서도 저렇게, 선의인 양 행동하겠지? 주차장에는 이제 좀비가 눈에 띄게 줄었다. 그렇지만 이렇게 하는 게 맞는 걸까. 분명 오가며 얼굴을 익힌 사람이나 안부를 나누던 가게 사장님이거나 하물며 가족이 감염된 걸 수도 있는데. 저렇게 죽는 걸까. 이미 죽은 존재나 마찬가지긴 하지만, 다시 일어날 수 없는 진짜 죽음인 걸까. 과연 이게 맞는 걸까. 현동 할아버지도 저런 일을 당한다면? 할머니가…… 당한다면?

사람들은 이때다 싶었는지 장바구니나 가방을 챙겨 밖으로 나왔다. 쓰러진 좀비를 발로 차는 사람도, 외면한 채 빙 돌아가는 사람도 있었다. 산 사람은 어떻게든 살아야 한다는 걸 알면서도 가슴 한구석이 시렸다.

거실로 걸어 들어오는데 순간 어지러웠다. 잠시 비틀거리자 누군가 날 잡아 줬다. 이은우였다. 이은우가 걱정스러운 얼굴로 쳐다보았다.

"고마워. 할머니는……."

"아무래도 밖이 소란스러우니 무슨 일이 있는지 짐작하신 것 같아. 네가 조금 더 편히 다닐 수 있을 거라고 웃으시긴 했는데……."

"하……. 이은우, 넌 어떻게 생각해? 저렇게 하는 게 맞는 거 같아?"

"너는 저러면 안 된다고 생각하지? 그래서 열심히 달리기만 하는 거잖아."

"……."

"네가 그렇게 생각하면 그게 맞는 거야."

"네 생각은 어떤데?"

"집에만 있는 내 생각이 뭐가 중요하겠어."

화나 짜증, 자조 같은 감정이 하나도 없는 일상적이고 평범한 말투라 더 이상했다. 그게 무슨 뜻이냐고 물어보려 했지만 이은우는 나를 소파에 앉히고 마실 걸 가져오겠다며 주방으로 향했다.

이 도시에 65세 이상인 사람이 이렇게 많았을까. 좀비들이 자동차에 치여 아파트 단지에 좀 줄어드나 했는데 또 어디선가 끊임없이 나타났다. 그때 쓰러졌던 좀비들 중 몇몇이 다시 일어나서 돌아다니다가 무슨 소리가 들려오면 그쪽을 향해 우르르 몰려갔다. 사람이었을 때 체력 관리를 잘한 것 같았다.

혹시 좀비들이 아파트 안으로 들어올까, 뛰는 좀비는 계단도 올라올 수 있는 건 아닌가 걱정되어 엘리베이터를 타고 4층에서 내렸다. 귀를 기울이며 야구방망이를 억세게 잡은 채 천천히 계단으로 내려갔다.

3층까지는 괜찮았다. 그러나 2층에 도착하자 아래에서 일정하게 콩콩거리는 소리가 들렸다. 중간층에서 쪼그려 앉아 아래를 살폈는데 아무것도 보이지 않았다. 아파트 공동현관 출입문 앞에 있는 게 아니라 엘리베이터 앞까지 들어온 것 같았다. 좀비가 엘리베이터 문을 두드리는 걸까? 아무거나 두드리다가 엘리베이터 열림 버튼을 누르면? 문이 열리고 좀비가 엘리베이터에 타면? 상상만으로도 큰일이었다.

마른침을 삼키고 야구방망이를 생명줄처럼 부여잡은 채 살금살금 내려갔다. 등산복을 입은 두 좀비와 형광 노란색 조끼를 입은 좀비가 있었다. 좀비들은 어깨로 101호의 현관문을 쿵쿵 두드리고 있었다. 안에서 인기척을 느꼈는지 굼뜬 동작이었지만 집요하게 문을 두드리며 팔을 거칠게 휘둘렀다.

좀비들에게 둘러싸이지만 않는다면 안전하게 물리칠 수 있을 것 같았다. 한 명씩 빠르게 처리한다면……. 야구방망이를 힘주어 잡았다가 이내 힘을 풀었다. 아무리 좀비라고 해도 도저히 공격을 못 할 것 같았다. 내가 공격받는 위험한 상황이 아니라 더욱 그랬는지도 몰랐다. 자동차가 돌진한 사건 이후로 좀비를 적극적으로 공격하는 사람들이 늘어났지만, 그럼에도 나는 차마 할 수 없었다. 직접 상대하는 것보다 좀비들이 밖으로 나가길 기다리는 편이 더 나았다. 1층에 사람이 있는 것 같긴 하지만…… 지금까지 잘 버텼으니 괜찮을 것이다.

그렇게 생각하며 집으로 돌아왔지만, 조금 신경 쓰이긴 했다. 누가 사는지라도 알아 두는 게 좋을 것 같아 할머니한테 물어봤다.

"할머니, 101호에 누가 사는지 알아?"

"101호? 왜?"

"좀비들이 그 집 문을 두드리고 있더라고."

"초등학생 아들이 있는 맞벌이 부부가 살긴 해. 그 가족도 탈출 못 하고 남은 건가?"

"그런가 보다. 저러다가 다른 좀비들이 몰리는 건 아닌가 걱정이야. 지금은 좀비들이 돌아가더라도 나중에 또 올 수도 있고."

"그 사람들도 위로 올라오라고 그래. 부부가 싹싹하고, 애기도 똘똘하니 참 괜찮아. 애 엄마의 엄마가 할머니 아는 동생이여."

"어……. 생각해 볼게."

좀비가 없을 때 싹싹하다고 해서 도시가 봉쇄된 상황에서도 싹싹한 건 모르는 일이니까 위험 부담을 늘리고 싶지 않았다. 그 나마 남자 혼자 있는 게 아니라 부부가 같이 있으면 괜찮을 것 같기도 하고……. 혹시라도 성인 남자가 힘을 쓰려 하면 대항할 수 있을까 걱정하다가 나만 걱정이 태산 같고 사람을 못 믿는 건가 싶었다. 그렇지만 할머니가 저렇게 태평하게 남을 잘 믿으니 나라도 정신 차려야 했다. 그래야 할머니를 지킬 수 있으니까.

지혜 이모와 사랑이는 1902호 안방에서 자고 있고, 할머니와 이은우는 주방에서 저녁 준비를 하고 있었다. 할머니가 된장찌개 끓이는 방법을 알려 주는지 된장과 고추장은 2 대 1의 비율로 넣어야 한다고 설명해 주는 게 들렸다. 텔레비전에서는 고속도로에서 생긴 4중 추돌 사고와 여름 맞이 제철 음식과 자외선 차단제의 중요성에 대해 말하고 있었다.

태전은, 우리는 이렇게 잊히고 마는 걸까?

아파트 단지와 1층의 좀비가 빠져나가길 기다리는 동안 미뤄뒀던 아파트 조사에 돌입했다. 17층까지는 확인했으니 그 아래로 차근차근 내려가면서 문을 두드리고 안에서 기척이 없으면 강제로 문을 열었다.

12층까지는 다 빈집이었다. 그날그날 먹을 만큼만 장을 보는지 냉장고가 텅 빈 집도 있었고, 냉장고와 김치냉장고도 모자라 주방 찬장까지 식료품으로 꽉꽉 찬 집도 있었다. 할머니가 아는 집은 아는 집이라고 챙기고, 모르는 집은 죄송하다면서 챙겼다. 봉쇄가 언제 풀릴지 모르니 옷과 이불, 냄비, 부탄가스, 손전등, 건전지, 생수 등도 챙겨 1801호, 1802호에 차곡차곡 정리했다. 그동안 사랑이의 분유와 기저귀도 넉넉히 챙겨 와서 당분간 밖에 나가지 않더라도 버틸 수 있을 것 같았다.

오늘은 11층 차례였다. 1101호의 문을 두드리고 귀를 대어 소리를 들었다. 아무런 기척이 없었다. 이 집 사람들도 모두 대피한 것 같았다. 도어록을 부수고 현관문을 열었다. 먼지가 앉은 것 외에는 깔끔했다. 냉장고도 비어 있는 것은 아닐까 싶어서 주방으로 가는데 소파가 작은 방을 가로막고 있었다.

천천히 걸어 작은 방 앞에 섰다. 방 안은 조용했지만 때때로 으어어 하는 기이한 소리와 옷자락 스치는 소리가 들렸다. 차마 문을 열 수가 없었다. 가끔 엘리베이터에서 마주치던 11층 할머니네 가족이 생각났다. 주말에는 손자와 아들부부까지 함께 종종 놀러 가는 것 같았다. 할머니가 아들네랑 코에 바람 쐬러 가는 거냐고 묻자 환하게 웃으며 고개를 끄덕이던 모습이 떠올랐다.

좀비가 될 것 같아서 두고 간 걸까, 이미 좀비가 되어서 두고 간 걸까. 작고 왜소한 분이라 방 안을 서성거려도 소리가 크게 들리지 않았다. 현관 옆에 있는 서랍장을 뒤지자 초록색 박스테이프가 있었다. 현관문을 닫은 후 테이프를 길게 잘라 엑스 표로 붙였다. 나는 그 앞에 한참을 서 있다가 집으로 돌아왔다.

"우리 강아지 왔어? 오늘은 어땠어?"

할머니도 나중에는 결국 좀비가 되고 마는 걸까. 언제 변할지 모르니 방 안에 가둔 채 가끔 들여다봐야 하는 걸까. 하지만 그렇게 하고 싶지 않았다. 차라리 그럴 바에야 할머니와 함께 좀비가 되는 게 낫겠단 생각이 들었다.

"11층 할머니가 좀비가 된 것 같아. 방에 있는 것 같은데……열어 보진 못했어."

충격을 받아 살짝 휘청거리는 할머니를 끌어안았다. 할머니가 기운 없이 내게 기댔다.

"아이고, 아이고……."

제대로 된 말도 못 하시고 아이고만 반복하며 한참을 우는 할머니를 보니 나 역시 금방이라도 눈물이 쏟아질 것 같았다.

"할머니. 너무 울면 탈 나. 쓰러진다고."

손으로 할머니의 얼굴을 조심조심 닦았다. 닦아도 멈출 줄 모르는 할머니를 보니 나도 결국 울음이 터졌다. 그러자 할머니는 본인이 더 깊이 슬퍼하고 있으면서도 내 눈물을 닦아 주었다. 떨리는 할머니의 손을 꽉 잡고 사랑도, 웃음도, 슬픔도 가득한 할머니의 눈을 바라봤다.

"울지 마. 괜찮을 거야. 할머니는 그럴 일 없어. 내가 할머니 사랑하는 거 알지? 사랑해, 많이 사랑해."

이은우는 말없이 휴지와 물을 챙겨 주고 조용히 집에서 나갔다. 도어록이 잠기는 소리를 뒤로한 채 할머니를 계속 위로했다. 더 먼 곳까지 달려가서 뭐든지 구해 올 테니까 할머니랑 계속 있고 싶었다.

할머니를 잘 달랜 다음 이온음료를 나눠 마셨다. 할머니가 너무 지쳐 보여 오늘 저녁은 내가 준비했다. 오후 6시가 되자 지혜 이모와 사랑이가 건너왔다. 이은우는 오지 않았다. 부를까 했지만 이은우 앞에서 운 게 민망해서 부르지 못했다.

"아⋯⋯. 사랑아, 할머니다 할머니."

"—아아!"

누가 봐도 실컷 운 게 티 나는 할머니의 얼굴을 보고서도, 지혜 이모는 이유를 묻는 대신 평소처럼 대했다. 사랑이는 옹알이를 하면서 할머니 품에 안겨 둥개둥개를 즐기고 있었다.

"사랑이는 제가 데리고 있을게요. 할머니랑 지혜 이모 먼저 드세요."

"아녀. 할머니 입맛 없으니까 먼저 먹어."

"할머니! 내가 엄청 맛있게 끓였어! 이게 인스턴트 우동이지만 내가 여기에 어묵도 넣고 김치도 넣어서 더 시원하고 얼큰하다고! 식으면 맛없으니까 얼른 드세요. 자자, 손녀딸이 끓인 우동 맛보세요!"

내가 재빨리 사랑이를 가로채 안자 지혜 이모가 웃으면서 할머니의 손을 잡고 의자에 앉혔다. 할머니는 김이 모락모락 나는 우동을 바라만 보다가 겨우 입을 열었다.

"주택가에 사는 동생들은 무사할까? 현동이는 괜찮을지⋯⋯."

주택가라고 하면 할머니 할아버지들이 많이 사는 곳이었다. 얼마나 많은 좀비가 있을지 상상도 되지 않았다. 운이 좋다면 좀비들이 다른 곳으로 이동했을 수도 있다. 남아 있는 좀비가 별로 없고, 집집마다 담이 있으니 집 밖으로 나가지만 않는다면 무사하실 수 있을 것이다.

현동 할아버지는 모르겠다. 좀비가 됐더라도 존재를 찾을 수만 있으면 좋겠다고 생각했는데, 막상 할아버지가 좀비가 되었다면 할머니는 그대로 무너질 것 같았다. 할아버지도 이 동네에 살고 계신 건 분명할 텐데, 나는 차마 할아버지를 찾아보겠다는 말을 할 수 없었다. 할머니는 숟가락으로 우동 국물을 떠 한숨처럼 후후 불었다.

"맛있네. 시집가도 되겠어."

"시집 안 가. 할머니랑 평생 살 거야."

"그래."

할머니는 웃었지만, 후후 입바람을 불 때마다 조금씩 작아지는 것 같았다.

6

어느덧 6월이 되었다. 대부분의 노인 좀비들이 끊임없이 걸어 다녀서 아파트 단지는 비교적 한산했다. 1층을 확인하기 위해 엘리베이터에서 내려 계단을 이용했다. 출입문 안쪽에는 한 좀비가 서성거리고 있었다. 그때 그 좀비는 가고 새로운 좀비가 온 모양이었다. 한 명뿐이니 유인해서 밖으로 나오게 해야겠다고 생각했다. 그런데 어딘가 얼굴이 익숙했다. 늘 친절하게 웃으며 먼저 인사를 건네시던 경비원 할아버지였다. 아파트 주민들과 한마디도 하지 않던 나조차 경비원 할아버지를 보면 어색하게나마 고개를 꾸벅이며 인사를 할 정도였다. 그런 할아버지가 좀비가 되어 온몸으로 문을 두드리고 있었다.

울컥한 마음이 들었지만 소리 없이 움직여 공동현관 밖을 살폈다. 다행히 근처에 다른 좀비가 보이지 않았다. 손을 내밀고 양은냄비를 두드리자 할아버지가 소리 나는 쪽으로 고개를 돌렸다. 사람인지 좀비인지 구분할 수 없을 정도로 예전과 다름없는 얼굴이었다. 불규칙적으로 소리를 내자 할아버지는 절뚝이며 내 쪽으로 서서히 걸어왔다. 할아버지가 무릎 수술 후 오래 걷는 게 힘들어져 경비원을 그만둘까 고민할 때 아파트 주민들과 다른 경비원들이 근무시간을 줄여서라도 함께하자며 한마음으로 붙잡았다고 했다. 사람들이 그럴 정도로 좋은 분이었는데…….

　마음을 단단히 먹고 경비원 할아버지를 유인하며 아파트 출입문을 벗어났다. 귀가 어두우신지 소리가 커야 반응하는 탓에 냄비를 크게 두드려야 했다. 그러자 근처에 있던 좀비들이 몰려들기 시작했다. 아기에게 걸음마를 시키는 것처럼 앞서가며 깽깽 소리를 내자 사람들이 베란다로 나와 쳐다봤다. 멀리 있던 좀비들도 소란을 느끼고 어느새 다가와 나를 에워싸려고 했다.

　빈 공간을 확인하고 재빨리 달렸다. 좀비들이 나를 잡으려 했지만 내가 너무 빨라서 소용없었다. 단지를 벗어나 도로를 건너려는데 차가 달려오고 있었다. 사람이 없을 거라고 생각했는지 속도가 빨랐다. 나는 차가 오기 전에 건널 수 있겠지만, 나를 따라오던 노인 좀비들이 차에 치일 것 같았다. 그러나 내 뒤와 양쪽으로 좀비가 있는 탓에 비어 있는 앞을 향해 달려가는 것만이

유일한 방법이었다.

차마 발이 떨어지지 않아 차가 먼저 지나가기를 기다리는 사이 좀비와의 거리가 점점 가까워졌다. 그때였다. 다른 쪽에서 큰소리가 났다.

"할아버지! 할머니! 여기예요!"

아파트 단지 안에 있는 상가 건물 2층, 태권도장에서 전에 봤던 아저씨가 소리치고 있었다. 목소리가 어쩌나 큰지 모든 좀비의 관심이 쏠리고 말았다.

"학생, 뭐 해? 얼른 도망가!"

나를 본 운전자가 속도를 줄였다. 나는 아저씨의 호통에 놀라 재빨리 건너편으로 달려갔다. 내 뒤로 아저씨가 좀비들의 관심을 끌기 위해 계속 소리치고 있었다. 덕분에 나를 따라 도로를 건너지 않고 아저씨가 있는 곳으로 몰려갔다. 나는 계속 달렸다.

아파트 출입문으로 들어가 1층 현관문 앞에 섰다. 똑똑 똑똑 똑. 좀비가 아니라는 걸 티 내려고 리듬감 있게 두드렸으나 반응이 없었다.

"안녕하세요. 저 19층에 사는 사람인데요."

계속 문을 두드려도 반응이 없어서 베란다 창문으로 확인해 보려고 밖으로 나갔다. 1층이라 그런지 베란다 창문에 쇠창살이 촘촘했다. 주위에 좀비가 없나 살펴보고 고개를 돌리는데 거실

커튼 사이로 어린아이와 눈이 마주쳤다. 설마 혼자 있는 건 아니겠지? 부모가 있겠지? 부모가 있는데 아이에게 바깥 상황을 살펴보라고 한 걸까? 혹시 그동안 나를 쳐다본 게 이 어린아이였나?

그때 아이가 뭐라고 소리치며 손가락으로 내 뒤를 가리켰다. 한 노인 좀비가 정확하게 나를 바라보며 빠르게 뛰어오고 있었다. 이렇게 빠른 좀비는 본 적이 없었다. 재빨리 다시 안으로 들어가 계단을 두 칸씩 성큼성큼 올라갔다. 좀비는 나처럼 두 칸씩은 못 오르더라도 한 계단씩 차근차근 밟아 따라오는데 지치지 않아서 그런지 쫓아오는 속도가 일정했다. 엘리베이터를 타고 피할 수도 있지만 아파트 안에 좀비가 머무를 수도 있으니 밖으로 내보내야 했다.

계속 나를 쫓아오게 하기 위해 좀비에게 잡힐 듯 잡히지 않을 거리를 유지하는 게 어려웠다. 좀비와 거리가 벌어지면 제자리뛰기를 하고 가까워지면 속도를 올리며 옥상까지 올라왔다. 좀비가 마지막 계단 위로 올라오는 걸 보고 두 아파트를 연결하는 옥상 가운데에서 제자리뛰기를 하다가 좀비가 다가온 후에 옆 동으로 넘어가 계단을 내려갔다. 계단을 내려가는 게 무릎에 부하가 많이 걸린다는데 좀비도 불편한지 아까보다 속도가 많이 줄어들었다.

나는 속도를 조절하며 건물 바깥으로 나온 후 좀비를 유인하기 위해 멀리 달려갔다가 차 뒤에 숨기도 하고 도로를 건너며 다른 좀비들을 피해 돌아다녔다. 뛰는 좀비가 다른 곳으로 간 걸 확인한 후에 아파트로 돌아왔다. 이제는 아파트 현관 입구를 막을 방법을 생각해 봐야 할 것 같았다. 매번 치우는 게 귀찮아도 안전이 제일 중요하니까.

옷소매로 땀을 닦고 숨을 가다듬은 다음 101호에 가서 아까처럼 리듬감 있게 똑똑 똑똑똑 두드렸다. 문이 열리기를 기다리는데 무언가가 뛰어오는 소리가 들렸다. 계단으로 올라가려고 했으나 아까 봤던 좀비와는 다른 좀비가 아파트 현관으로 들어오고 있었다. 저놈의 자동문!

뭐라도 들고 올 걸 그랬나. 아무리 좀비라고 해도 노인이라는 생각에 아무것도 들고 오지 않은 게 후회되었다. 내가 죽을 것 같으면 공격할 각오를 했어야 했는데. 나오면서 할머니한테 사랑한다는 말을 했었나? 입술만 깨무는데 갑자기 문이 살짝 열리더니 작은 손이 나를 잡아당겼다. 안으로 재빨리 들어가 문을 닫자마자 쾅! 하고 문에 부딪히는 소리가 들렸다.

좀비가 계속 부딪치고 있는지 문 하나를 두고 느껴지는 진동에 갑자기 다리에 힘이 쫙 풀리면서 주저앉고 말았다. 아이는 내가 갑자기 주저앉아 놀랐는지 저만치 뒷걸음질 쳤다. 쿵 쿠웅 거리는 소리 사이로 아이에게 인사를 건넸다.

"안녕."

"……"

"혹시 안에 어른 있어?"

아이는 대답 없이 멍하니 나를 쳐다보기만 했다. 아이의 머리는 오래 감지 않은 듯 기름져 있었고 옷은 뒤집어 입은 채였다. 땀 냄새도 나고 제대로 먹지도 못했는지 얼굴이 퀭하기까지 했다. 손톱이 길고 때가 껴 있었으나 그래도 할 수 있는 한 노력한건지 얼굴만 비교적 깨끗했다. 집 안도 마찬가지였다. 거실 한구석에 있는 쓰레기통이 넘치자 그 앞에 쓰레기를 잘 쌓아 두었다. 과자와 라면, 천하장사 소시지, 빵 봉지, 주스 병들이었다. 현관에서 떠드는 데도 방에서 나오는 사람이 아무도 없었다. 믿고 싶지 않았다. 온 집 안을 뒤져 어른을, 아이가 혼자가 아니라는 증거를 찾고 싶었다.

"너…… 혼자야?"

아이는 망설이다가 고개를 끄덕였다. 무언가 치밀어 오르는 느낌에 입술을 깨물었다. 그동안 아파트 밖을 나서면서 몇 번이나 1층에서 나를 바라보던 시선을 느꼈다. 밖으로 나돌기 바빠 신경 쓰지 않았다. 한 번이라도 자세히 들여다봤다면 더 일찍 아이를 구할 수 있었을 텐데.

내가 이 아이보다 어렸을 때 엄마 아빠가 날 사랑하는지 불안해서 늘 떠미는 대로 움직였던 것 같다. 학원 가, 할머니한테 가, 엄마 늦어, 아빠 늦어, 피아노 배워, 할머니 말 잘 들어, 혼자 잘 줄 알아야지…….. 싫다고 하면, 일찍 오면 안 되냐고 조르면 귀찮아할까 봐 얌전히 고개만 끄덕였다. 손이 덜 가는 아이, 착한 아이, 말 잘 듣는 아이. 그게 나였다. 할머니가 아니었다면 내가 어떻게 자랐을지 상상도 되지 않았다.

혹시 이 아이도 그런 걸까. 돌아오지 않는 부모님을 혼자서 얌전히 기다리고 있었을까. 무서울 텐데도 꿋꿋하게, 자신이 할 수 있는 만큼 노력해서 버틴 게 대단했다. 그것도 모자라서 좀비가 달려오는데도 용기를 내서 문을 열고 나를 구해 주다니. 겁에 질렸는데도, 나를 살리기 위해 내 팔을 잡아 당기던 작은 손이 아직도 선명했다.

"나는 19층에서 살아. 우리 집에 같이 갈래?"

아이는 빤히 바라보기만 할 뿐 다가오진 않았다. 내가 움직이자 아이가 겁을 먹었는지 한 발짝 더 뒤로 물러났다. 나는 재촉하거나 말을 덧붙이는 대신 현관 바닥에 편한 자세로 고쳐 앉았다. 아무 말 없이 기다리려고 했는데 배에서 꼬르륵 소리가 났다.

"열심히 뛰었더니 배고프다."

내 말을 듣고 아이가 쪼르르 안으로 달려가더니 손에 무언가를 쥐고 내 앞에 섰다. 두 손을 모았는데도 어찌나 작은지. 내가 손을 내밀자 아이는 망설임 없이 두 손을 펼쳤다. 그러자 내 손 위로 어린이용 영양젤리 두 개가 떨어졌다. 자기도 제대로 먹지 못했으면서 나를 위해서 먹을 걸 주다니. 눈물이 나올 것 같았지만 꾹 참았다. 나는 떨리는 목소리를 가다듬고 말했다.

"와, 나 주는 거야? 진짜 고마워!"

그러자 아이가 환하게 웃었다. 얼마나 밝고 예쁜지 모르겠다. 아직도 좀비가 문 앞에 있어서 아이를 데리고 거실 소파로 갔다. 아이를 옆에 앉혔는데, 사람이랑 있어서 좋은지 몸을 내게 딱 붙인 게 귀여웠다. 아이에게서 나는 땀 냄새가 시큼했지만 나도 만만치 않을 것이다.

"두 개니까 하나씩 나눠 먹자."

하나를 까서 아이 입에 넣어 주고, 나머지 하나는 내 입에 넣었다. 나도 어렸을 때 먹던 거라 익숙했다.

"우리 집에 가면 돈가스, 돈가스 좋아해? 그거 만들어 달라고 할게. 같이 먹자."

아이는 고개도 끄덕이지 않았다. 같이 가기 싫은 걸까. 그래도 아이는 데려가야 했다. 여기 혼자 뒀다가는 큰일 날 게 분명했다.

"아, 맞다. 나는 강하다야. 너는 이름이 뭐야?"

아이는 여전히 말이 없었다. 다만 내게 몸을 폭 기대어 무게를 실었다. 온전히 실린 무게감이 날 믿는다는 뜻 같아서 순간 온몸에 힘이 들어갔다. 아이라서 그런지 체온이 높아 따뜻했다. 옆을 보니 긴장이 풀렸는지 아이는 어느새 새근새근 잠들어 있었다. 나는 아이를 편하게 눕히고 할머니가 나에게 했던 것처럼 아이를 토닥여 주었다.

좀비가 공동현관 밖으로 나갔는지 조용했다. 잠든 아이를 뒤로하고 집 안을 둘러봤다. 곳곳에는 환하게 웃고 있는 가족들의 사진이 있었다. 계절마다 찍은 사진 안에서는 아이가 점점 커가고 있었다. 누가 봐도 화목한 가족이었다. 처음 생각과는 달리 아이에게 애정과 관심을 쏟는 집 같았다. 다행이었다. 그렇다면 이렇게 사랑하는 아이를 두고 부모는 어디 간 걸까.

냉장고를 열어 보니 반찬이 있긴 했다. 김치, 고추장아찌, 멸치볶음, 콩자반. 배가 고파도 이런 반찬은 먹기 싫었나 보다. 그게 뭔가 귀엽기도 하고 짠하기도 해서 한숨이 나왔다.

아이 방은 로켓 벽지로 아기자기하게 꾸며져 있었다. 책장에는 책이 많았고, 책상에는 교과서와 문제집이 올려져 있었다. 교과서를 살펴보니 '1학년 2반 9번 김지민'이라고 적혀 있었다. 다른 교과서에도 빠짐없이 적혀 있었다. 정성스럽게 쓰인 글씨 위를 손가락으로 따라 쓰며 그 안에 담긴 애정을 느꼈다.

지민이가 깨면 뭘 챙기고 싶은지 물어봐야 할 것 같았다. 다른 방 문을 열자 잘 정리된 옷들이 보였다. 한쪽은 어른 옷, 반대쪽은 지민이의 옷이었다. 구석에 있는 여행용 캐리어를 꺼내 옷을 넣고 있는데 두다다다, 발소리가 들렸다. 집 안을 뛰어다니는 소리가 여기저기 들리더니 이내 가까워졌다.

지민이는 하얗게 질린 얼굴로 눈물만 뚝뚝 흘렸다. 소리 없는 울음이라 마음이 더 아팠다. 내가 자신을 두고 간 줄 안 걸까? 문 앞에 가만히 서 있는 지민이에게 다가가 끌어안았다. 자고 일어난 후라 아까보다 몸이 더 따뜻했다. 나는 지민이를 안고 일어나 할머니가 어린 나에게, 사랑이에게 해 준 것처럼 둥개둥개를 해 줬다.

"쉬이, 지민아 괜찮아, 괜찮아. 옆에 있을게. 어디 안 가."

내가 지민이의 이름을 부르자 지민이가 고개를 번쩍 쳐들고 나를 뚫어지게 쳐다봤다. 나는 최대한 부드럽게 웃으려고 노력하며 지민을 마주 봤다. 그러자 지민이가 숨이 막힐 정도로 나를 억세게 끌어안았다. 나는 지민이의 등을 토닥였다. 어디든 혼자서는 가지 않겠다는 뜻으로.

한참을 울어 지쳤는지 딸꾹질을 하길래 물을 주었더니 꿀떡꿀떡 잘 마셨다. 잠시라도 떨어지려 하면 소스라치게 놀라며 불안해하는 바람에 그대로 있는 수밖에 없었다.

"아까 캐리어 바닥에 둔 거 봤지? 거기에 네 짐을 담고 우리 집으로 갈 거야. 이 집은 나중에, 아주 나아중에 올 수 있을 거 같아서 꼭 필요한 것만 챙겨야 해. 꼭 가져가고 싶은 거 있어?"

그러자 지민이는 손가락으로 어딘가를 가리켰다. 지민이 가리킨 곳으로 따라가니 벽에 걸린 가족사진이 보였다. 그래, 이게 꼭 필요하지. 옷이나 장난감만 챙기려 했지 사진은 미처 생각 못 했다. 지민이가 손을 놔주지 않아서 그대로 잡은 채 사진을 챙겼다.

지민이는 오른손으로는 내 손을 잡고, 왼손으로는 사진을 꼭 잡았다. 지민이의 눈을 마주 보느라 고개를 계속 숙이고 있었더니 점점 목이 아파서 바닥에 앉았다. 그러자 지민이도 따라 앉아 내 옆에 찰싹 달라 붙었다. 아까 그렇게 날 경계하던 아이가 맞나 싶을 정도였다. 얼마나 혼자 있기 무서웠으면 이럴까. 땀이 나는 지민이의 이마를 손으로 닦아 주고 그냥 누워 버렸다.

"장난감도 가져갈까? 가져가고 싶은 거 챙겨 와."

"……."

"나 어디 안 가. 봐 봐, 힘들어서 누워 있잖아. 계속 이렇게 있을 테니까 챙겨 와. 아니면 장난감 하나도 안 가져갈 거야?"

그래도 상관은 없었다. 마트 가서 지민이가 좋아할 만한 장난감을 하나씩 가져오다 보면 그중에 마음에 드는 게 있겠지. 부피가 큰 게 좀 걱정이긴 한데, 포장을 벗기면 괜찮을 수도 있었다. 봉제 인형, 변신 로봇, 미니카……. 뭐가 좋을지 생각하고 있는데 지민이가 손때가 잔뜩 묻은 동화책을 가져왔다.

"다른 것도 가져와도 돼. 가방 커."

그러자 지민이가 망설이다가 방으로 쪼르르 달려갔다. 뭔가를 찾는지 한참을 부스럭거렸다. 나는 눈을 감은 채 가만히 있었다. 장난감 쏟아지는 소리, 걸으면서 발에 탁탁 차이는 소리, 무언가를 들었다가 내려놓는 소리를 느끼면서. 잠시 후 지민이는 양손에 동화책 한 권씩을 쥐고 내게 자랑하고 있었다.

"캐리어 가져올게."

일어나서 작은 방에 있던 캐리어를 거실로 가져왔다. 먼저 받은 동화책을 넣은 뒤 지민이에게 손짓하자 지민이가 동화책 위에 동화책을 가지런히 내려놨다. 나는 지민이의 머리를 쓰다듬고 손을 잡은 채 방으로 들어갔다. 캐리어에 남은 공간이 많았다. 지민이에게는 나중에 올 수 있다고 했으나 그게 언제일지 장담할 수 없었다. 캐리어를 가득 채우면 무겁겠지만 4층까지만 올라가면 엘리베이터를 탈 수 있으니 최대한 많이 챙기고 싶었다.

안전 고리를 건 채 문을 살짝 열어 밖을 살펴보니 아파트 공동 현관 출입문 근처에 좀비가 없었다. 문을 닫고 안전 고리를 푼 다음 깊게 숨을 들이마시고 내쉬었다. 지민이도 나를 따라 푸푸 하며 숨을 내뱉고 있었다.

"내가 먼저 가서 좀비가 있나 없나 살펴볼 거야. 내가 이렇게 문을 두드리면 바로 문을 열고 나와야 해. 만약에 문 두드리는 소리가 들리지 않으면 주변에 좀비가 있어서 금방 오지 못하는 거야. 근데 절대로 너를 두고 가지 않아. 다시 돌아올 거니까 기다리고 있으면 돼."

오지 못할 수도 있다는 말에 겁을 먹었는지 두 손으로 내 손을 꽉 붙잡고 애처롭게 올려다봤다. 나도 마음 같아서는 계단이 코앞이니까 지민이를 안고 바로 위로 올라가고 싶었지만, 혹시라도 갑자기 뛰는 좀비가 나타나면 위험해서 어쩔 수 없었다.

"약속."

오른쪽 새끼손가락을 내밀자 지민이가 고민하더니 내 손을 놓고 자신의 새끼손가락을 내밀었다. 우리는 새끼손가락을 단단히 걸고 약속을 했다. 지민이는 그러고도 마음이 놓이지 않는지 내 옷자락을 잡았다 놓았다 하더니, 내가 머리를 쓰다듬자 고개만 푹 숙였다.

현관문을 열고 재빨리 빠져나와 건물 밖을 향해 천천히 걸으며 귀를 기울였다. 좀비들이 돌아다니는 소리가 들리지 않았다. 혹시 몰라 경비실에 몸을 숨겨 주위를 살폈다. 어느새 해가 졌지만 군데군데 있는 가로등 덕분에 좀비들이 근처에 없는 걸 확인할 수 있었다.

지민이에게 받은 카드키로 현관문을 열자 지민이가 달려 나왔다. 나는 지민이를 끌어안자마자 계단을 향해 뛰었다. 타타닥, 뛰는 소리가 너무 크게 들리는 것만 같아 무서웠지만 이를 악물었다. 단숨에 4층에 도착하여 지민이를 내려놓았다. 얼마 안 뛴 것 같은데 긴장으로 인해 심장이 터질 것 같았다. 지민이를 안은 채 숨을 가다듬었다.

"약속 지켰지? 이제 가방 가지고 돌아올게. 이 약속도 지킬 거야. 알았지?"

떨어지지 않으려는 지민이를 겨우 달랜 뒤 계단을 내려가 문 바로 앞에 둔 캐리어를 챙겼다. 내가 돌아오자 지민이가 다리에 찰싹 달라붙어 떨어질 생각을 하지 않았다. 19층 집에 도착해서도 마찬가지였다.

"하다 왔어? 아이고, 아이고……."

할머니는 지민이의 꾀죄죄한 모습에 차마 말을 잇지 못하고 가슴만 두드렸다. 지민이는 내 다리 뒤에 숨어 그런 할머니를 빤히 바라봤다.

"아가가 지금까지 혼자 있었어?"

"응……."

"아가, 혼자서 무서웠지? 밥은 먹었어?"

지민이는 할머니가 가까이 다가오자 무서운지 나를 잡아당기며 뒤로 물러나려고 했다. 왜 그렇게 벌벌 떠나 싶었는데 할머니의 모습을 보고 곧장 이해하고 말았다. 지민이는 할머니가 노인이라서, 창밖에서 정처 없이 걸어 다니고 다른 사람을 공격하는 노인 좀비와 모습이 비슷해서 무서워하는 것이다. 겁에 질린 지민이를 보니 슬픔이 밀려왔다. 그동안 얼마나 많은 좀비를 봤을까.

"지민아, 이분은 우리 할머니야. 내가 사랑하는 할머니. 그러니까 괜찮아."

내가 아무리 말해도 지민의 불안감은 가라앉지 않았다. 할머니는 지민이가 왜 저러는지 알고 씁쓸한 표정을 짓다가 이내 웃었다. 그러고는 내색 없이 쪼그리고 앉아 지민이에게 말을 걸었다.

"할머니 누군지 몰라? 가끔 1층에서 보면 '할머니 안녕하세요!' 하고 인사했잖아. 배고프지? 할머니가 맛있게 국수 삶아 줄까? 아니면 고기 구워 줄까?"

할머니가 뭘 물어도 지민이는 내 다리를 붙잡고 서 있기만 했다. 할머니는 한숨을 삼키며 내게 눈짓을 하고 안방으로 들어갔다. 나도 한숨이 밖으로 나오지 않게 애쓰며 입을 열었다.

"음…… 우선 좀 씻을까? 벌레가 친구 하자고 하겠어. 지민이 혼자…… 못 씻나? 내가 씻겨 줘야 하나?"

고민하고 있는데 현관문이 열리며 지혜 이모와 사랑이가 들어왔다. 지민은 갑자기 뒤에서 나타난 사람을 보고는 놀라서 허겁

지겁 내 다리를 강하게 끌어안았다.

"어머? 웬 아이가……. 설마 이 아이 혼자 있었어?"

"네. 1층에 혼자 있어서 데리고 왔어요. 이름은 김지민이에요. 지혜 이모, 이은우는 어딨어요? 앞집에? 아니면 위에?"

"위에 있어. 빵 만들고 있을 텐데, 불러 줘?"

"아니에요. 제가 올라갈게요. 아무래도 지민이가 남자애라 이은우가 씻겨 주는 게 나을 거 같아서요."

지민이와 함께 집을 나서는데 엘리베이터 문이 열렸다. 바구니에 모닝빵을 가득 담아 든 이은우가 서 있었다. 긴장한 탓에 배가 고픈 줄도 몰랐는데 빵을 보니까 허기가 몰려왔다. 자연스럽게 모닝빵 하나를 집어 입에 물었다.

"와, 맛있다!"

나도 모르게 감탄이 나왔다. 갓 만들어서 그런 건지, 배가 고파서 그런 건지 이은우가 만든 빵들은 언제나 맛있었다. 모닝빵을 뜯어 지민이 입에도 넣어 주자 오물거리더니 눈을 반짝였다.

"이 애, 네가 데려온 거야?"

"응. 1층에서 혼자 있길래 데려왔어. 좀비가 가까이 오는데 문 열어 줘서 날 살려 준 용감한 아이야."

"뭐? 괜찮아? 어디 다친 곳은 없어?"

할머니 귀에 들어가지 않게 소곤거렸는데, 이은우가 눈치 없이 깜짝 놀라며 큰 소리로 물었다.

"쉿, 조용히 해! 할머니는 모른단 말이야."

"너…… 하아, 네 몸 돌보면서 남을 도와야지. 영화에서 착한 사람이 일찍 죽는 거 몰라?"

"애도 있는데 재수 없는 소리 하지 마. 그리고 착하다는 소리 좀 그만해. 이번이 특별한 경우였어. 아무튼 네가 지민이 좀 씻겨 줄 수 있어? 손톱도 깎아 주고."

"알았어."

바구니를 받아 들고 지민이를 이은우에게 보내려는데 지민이가 내 손을 놓지 않았다. 나는 한쪽 무릎을 꿇고 지민이와 눈을 맞추며 말했다.

"지민아, 저 형이 지민이 씻는 거 도와주는 동안 나도 씻고 올게. 우리 깨끗한 상태에서 빵 먹자. 아까 맛있었지? 그거 저 형이 만든 거야. 진짜 멋진 형이지? 지민이도 멋지고 용기 있는 아이니까 씩씩하게 형 따라갈 수 있지?"

그러자 지민이가 망설이다가 입술을 깨물고는 고개를 끄덕였다. 초롱초롱한 지민이의 눈동자에 열기가 가득했다. 악당을 물리칠 영웅의 기세였다. 그렇게 이은우에게 지민이를 맡기고 나도 씻으려고 집으로 돌아왔다. 안방으로 들어가자 할머니가 침대 머리맡에 기댄 채 트로트를 듣고 있었다.

"할머니, 이은우한테 지민이 씻겨 달라고 맡겼어요. 나도 이제 씻으려고. 식사는 하셨죠?"

"사랑이 엄마랑 먼저 먹었어."

"잘하셨어요. 그래도 이은우가 빵 만들어서 가져왔으니까 드셔 보세요. 맛있어요."

"아, 어, 그래. 있잖아 하다야. 아가가 할미를 무서워하잖아. 앞집에 건너가 있을까? 너랑 지민이랑 둘이 여기 있고……."

그 말을 듣는 순간 표정 관리가 되지 않았다. 입술을 좌우로 늘려 굳은 근육을 푼 다음 할머니한테 화가 났다고 오해하지 않도록 천천히 말했다.

"할머니. 나한테는 그 누구보다 할머니가 중요해. 그리고 여기가 할머니 집인데 어딜 나가. 지민이가 할머니를 불편해하면 지민이를 이은우한테 맡길 거야."

"그런 말 하지 마. 어린 게 혼자 얼마나 무서웠으면 나를 보고 떨겠어."

할머니의 마음을 이해 못 하는 건 아니었다. 나도 혼자 있는 지민이를 보고 슬프고 화가 났으니까. 그러나 감정이 들끓는 건 어쩔 수 없었다. 할머니하고 입씨름하는 대신 자리를 피하는 게 나을 것 같았다. 나는 냉동 돈가스를 에어프라이어에 넣고 욕실로 향했다.

찬물로 씻으니 기분이 많이 나아졌다. 아이인데 어떻게 하겠어. 내가 이해해 줘야지. 샤워를 마치고 거실 소파에 앉아 있는데 볼이 발그레한 지민이가 이은우의 손을 잡고 왔다. 아이답게 뽀얗고 생기 있는 모습을 보니 귀여워서 아까의 감정은 사그라들며 웃음이 나왔다. 지민이는 나를 보자 우다다 뛰어와 안겼다.

1학년 교과서가 있는 걸 보니까 여덟 살일 거고. 그런 아이가 혼자서 한 달 넘게 있었으니 얼마나 무서웠을까. 그래도 포기하지 않고 어떻게든 버틴 걸 보면 대견하고 안쓰러웠다. 할머니를 계속 무서워하면 어떻게 해야 하나 고민하며 머리를 쓰다듬고 있는데, 에어프라이어에서 조리가 완료되었다는 알림음이 들렸다.

"너도 저녁 안 먹었다며?"

"응, 네가 아직 안 와서."

"돈가스 돌렸으니까 네가 구운 모닝빵이랑 같이 먹자."

"수프도 있으니까 전자레인지에 돌려서 먹으면 되겠다."

이은우가 분말 수프를 찾아 그릇에 담고 물을 섞어 전자레인지에 돌렸다. 우리 집인데 나보다 더 잘 아는 것 같아서 기분이 묘했다. 이번에도 이은우가 자연스럽게 에어프라이어를 잡고 돈가스를 확인했다.

"소스 좀."

"어? 어."

냉장고에서 돈가스 소스를 찾는 사이 이은우는 찬장에서 접시 세 개를 꺼내 돈가스를 담아 식탁에 내려놓고 전자레인지에서 수프도 꺼냈다. 나는 소스 병을 하나하나 꺼내 보며 아직도 돈가스 소스를 찾는 중이었다. 마트에서 진짜 이것저것 많이 가져온 것 같았다. 이쪽 냉장고가 아닌가 싶었는데 어느새 이은우가 다가와서 살펴보지도 않고 그 많은 소스 중에서 돈가스 소스를 단번에 찾아냈다. 모닝빵에 바를 잼까지 꺼내는 걸 보고 감탄했다.

"똑똑하면 이런 것도 한 번에 찾는 거야?"

"무슨. 내가 할머니 도와서 식사 준비를 하니까 아는 거지. 배고플 텐데 얼른 먹자."

이은우는 지민이 옆에 앉아 돈가스를 잘라 줬다. 그 위에 소스도 뿌리고 모닝빵에 잼까지 발라 주었다. 다정하게 챙겨 주는 모습에 계속 눈이 갔다.

"왜?"

"그냥. 애 잘 보네 싶어서."

"너도 잘라 줄까?"

"됐거든."

투닥거리며 저녁을 다 먹었다. 지민이는 배가 부른지 꾸벅꾸벅 졸았다. 그러면서도 내가 일어나려고 하면 감기는 눈을 억지로 뜨면서 내 곁에 딱 붙어 있으려고 했다. 나는 할 수 없이 지민이를 내 침대에 눕혀 재웠다. 살금살금 방을 나오자 이은우가 설거지에 뒷정리까지 싹 끝낸 상태였다.

"지민이 내가 데리고 갈까?"

"아니야. 첫날인데 나랑 있는 게 더 나을 거 같아."

"그래……. 지민이 말을 안 하더라. 못 하는 건지 안 하는 건지 모르겠는데, 씻기면서 계속 말을 걸어도 한마디를 안 해."

그때 할머니가 안방에서 나왔다.

"할머니 오늘은 앞집에서 잘게. 네 말대로 첫날이잖아."

할머니를 잡으려다가 알겠다며 고개를 끄덕였다. 할머니와 이은우를 보낸 후 지민이 옆에 누웠다. 무드등 아래로 새근새근 자는 지민이의 얼굴이 보였다. 시끄러운 내 속도 모르고 자는 모습에 괜히 심술이 나서 콧구멍을 막아 볼까, 살짝 벌어진 입 안에 손가락을 넣어 볼까 고민하다가 악몽을 꾸는지 갑자기 흐느끼는 걸 보고 얼른 등을 토닥여 주었다. 그래, 어린애가 얼마나 무서웠겠어. 그렇지만 앞으로 계속 할머니를 무서워하면 어떻게 해야 할지 모르겠다. 지혜 이모에게 맡기기에는 사랑이 키우기도 벅차 보이는데……. 이은우한테 부탁하면 들어주려나. 내가 계속 붙어 있을 수도 없고 어떻게 하면 좋을까. 이런저런 생각을 하다가 어느새 나도 모르게 잠이 들었다.

아침에 눈을 떴더니 지민이의 발이 내 배 위에 올라와 있었다. 험하게 자는구나……. 바닥으로 안 떨어진 게 신기할 지경이었다. 당분간 같이 자야 할 것 같은데 침대보다 바닥에 두꺼운 이불을 깔고 같이 자는 게 나을 듯했다. 낯선 집에서 자고 일어났는데 내가 없으면 또 펑펑 울까 봐 지민이가 깰 때까지 옆에서 기다렸다. 그러는 동안 발로 몇 대 맞아서 의자에 앉을 수밖에 없었다. 멍하니 있는데 방 밖에서 할머니 목소리가 들렸다.

"밥 차려 놨으니까 아가 깨면 같이 먹어."

"할머니는?"

"사랑이 엄마랑 밤톨이랑 아까 먹었어. 앞집 가 있을게."

지혜 이모랑 같이 드라마 보려는 건지 지민이를 위해 자리를 피해 주는 건지 모르겠네. 계속 할머니가 없는 척하며 살 수는 없었다. 의자 손잡이를 손가락으로 톡톡 두드리는데 웅얼거리는 소리가 나더니 지민이가 눈을 깜박거렸다. 그러다가 나와 눈이 마주치자 배시시 웃었다.

"잘 잤어?"

그러자 나에게 달려와 안겼다. 방금 일어난 아이는 무척 따뜻했다. 지민이는 말을 하지 않았지만 배의 신호는 정확했다.

"꼬르륵거리네. 배고프지? 밥 먹자."

지민이의 손을 잡고 주방에 가니 식탁에는 어묵탕, 간장불고기, 계란찜, 진미채무침, 백김치, 파김치가 차려져 있었다. 지민이를 위한 맞춤형 식단이었다. 지민이와 나란히 앉아 어제 이은우가 그랬던 것처럼 반찬을 챙겨 주자 야무지게 먹었다. 할머니표 파김치를 먹으니까 라면이 먹고 싶어졌다. 점심에는 라면 먹자고 해야지.

"이 국도, 이 반찬도 어제 봤던 할머니가 만든 거야. 엄청 맛있지?"

지민이는 환하게 웃으면서 고개를 마구 끄덕였다. 할머니가 만든 음식에 대한 두려움은 없는 것 같았다. 그래, 아직 어리니까 구분을 잘 못하고 무서워할 수도 있지. 남은 국물까지 싹싹 비운 지민이가 볼록 나온 배를 통통 두드렸다. 기분이 좋아졌는지 방글방글 웃으며 내 손을 잡은 채 집 안 구석구석을 돌아다녔다.

벽에는 곱게 화장을 하고 잘 차려입은, 젊은 시절의 할머니가 학사모를 쓴 엄마와 함께 찍은 사진이 걸려 있었다. 지민이에게 사진 속에 있는 사람이 어제 봤던 할머니라고 하자 어리둥절한 표정이었다. 작년에 할머니와 엄마와 내가 여행 가서 찍은 사진은 지금의 할머니와 조금 더 가까운 모습이었다. 꽃밭에서 찍은 사진도 있었고, 바다를 배경으로 찍은 사진도 있었다. 장소는 달라도 사진 속 할머니는 늘 환하게 웃고 있었다. 그 사진들을 바라보는 지민이의 얼굴에도 웃음이 번지고 있었다. 지민이는 사진을 통해 점점 나이 들어가는 할머니를 알아 가는 중이었다. 얼른 지민이가 할머니에게 익숙해지면 좋겠다. 내게는 할머니가 제일 중요하니까.

지민이에게 움직이지 않는, 종이에 프린트된 사진 속의 할머니와 실제로 움직이는 할머니가 다르게 느껴졌는지 며칠이 지났는데도 태도는 그대로였다. 내가 화장실에 가면 앞에서 기다리고 있고, 할머니에게 가려고 하면 나를 붙잡았다. 어쩔 때는 소리 없이 울며 온몸으로 매달리기도 했다. 얌전하고 잘 웃고 나를 잘 따르는 지민이가 처음에는 귀여웠지만, 나한테 계속 달라붙어 있으려 하니 답답했다. 달리지 못해서 몸이 쑤시긴 했지만 집에서 맨몸 운동을 하니까 아직까지는 참을 만했다.

문제는 할머니를 대하는 게 나아질 기색이 없다는 것이었다. 여기가 할머니 집인데 정작 할머니는 지민이에게 보이지 않으려 앞집에 건너가 생활하니까 슬슬 짜증이 났다. 내 표정이 안 좋아질 때면 이은우가 살며시 지민이를 챙겼다. 그나마 이은우가 같은 남자라서 그런지, 아니면 쿠키나 빵을 구워 줘서 그런지 잘 따르는 편이었다.

이은우가 종종 지민이를 맡아 주지 않았다면 진작 터졌을 것이다. 가끔은 애한테 짜증 안 내고, 혼자 있고 싶어서 화장실에 들어가 있기도 했다. 그럴 때면 엄마가 떠올랐다. 엄마도 나를 피해 이렇게 화장실에 숨어 있던 적이 있을까? 엄마는 내가 많이 귀찮았을까? 이런 생각을 하다 보면 괜히 미안한 마음이 생겨 화장실에서 나와 지민이 옆에 있었다.

그러나 가족이라도, 부모라도 짜증 날 때가 있을 텐데 남인 내가 계속 받아 주는 건 무리였다. 차라리 좀비를 피해 숨거나 따돌리기 위해 달리는 게 더 나을 것 같았다. 소리 내어 울고 떠들고 매달렸으면 정말 대놓고 귀찮아했을 것 같은데, 말도 없이 촉촉한 눈망울로 올려다보기만 하지, 고사리 같은 손으로 내 옷자락만 살그머니 잡으면 답답하고 한숨이 나오려고 하다가도 애써 삼키게 됐다. 그러나 이렇게 한없이 집에만 있기에는 불안했다. 다른 사람들이 마트나 슈퍼에 있는 물건들을 다 가져갈까 초조하기도 했다. 무엇보다도 달리고 싶었다.

결국 떨어지지 않으려는 지민이에게 순간 욱해서 화를 내고 밖으로 나가고 말았다. 분유와 기저귀, 간식거리를 가지고 돌아왔을 때, 앞집 문을 열어 둔 채 날 기다리고 있던 할머니와 마주쳤다. 그대로 앞집으로 가려는데 할머니가 날 막으며 낮은 목소리로 말씀하셨다.

"하다야. 길에서 괭이를 데려와도 잘해 줘야 하는 법이다. 아가를 데리고 왔으면 잘해야지."

"밖에 나가야 이것들을 가져올 거 아니야. 그리고 여덟 살이면 다 알지. 나는 안 저랬어."

"너도 저랬어. 너도 엄마 아빠가 언제 데리러 오나 목 빼고 기다렸잖아."

순간 또 욱해서 소리를 질렀다.

"쟤 때문에 할머니가 집에 못 오는데 속상하지도 않아? 괜히 데려……."

"떽! 그런 말 함부로 하는 거 아니야."

"……."

"할머니는 정말 괜찮으니까 지민이한테 화낸 거 사과하고. 우리 강아지, 알았지?"

엉덩이를 톡톡 두드리며 하는 말에 한숨이 나오려 했지만, 꾹 참고 고개를 끄덕였다. 난 안 저랬던 거 같은데. 내가 얼마나 어른스러운 아이였다고. 밥 안 굶기고, 안전하게 있을 수 있는 공간도 제공하고, 덥고 귀찮지만 옆에 계속 붙어 있어 주고, 할머니를 무서워하니까 안 마주치게 하려고 나한테 제일 소중한 할머니까지 앞집에 가 있는데. 여기서 뭘 더 해야 하지? 신경질적으로 묶은 머리를 풀어헤치며 우리 집 문을 열었다.

그러자 현관 앞에서 고개를 푹 숙인 채 손때 묻은 동화책을 읽고 있는 지민이 있었다. 평소라면 웃으면서 반겨 줬을 텐데 가만히 있는 걸 보니 할머니가 한 말을 다 들은 것 같았다. 파르르 떨리는 어깨를 보니 소리 없이 우는 듯했다. 너무 작은 어깨를 보니 내가 너무 형편없는 사람이 된 것 같아 스스로에게 화가 났다. 한숨을 쉬자 지민이가 움찔거렸다. 지민이는 내 행동에 민감하게 반응하고 있었다.

그 모습을 보자 엄마의 얼굴을 유심히 바라보고, 엄마가 어떤 생각을 하는지, 지금 화가 났는지 슬픈지 기쁜지 생각하던 내가 떠올랐다. 엄마에게 가지 말라고 떼를 쓴 적은 없지만, 엄마에게 모든 감각을 곤두세웠던 나와 지금의 지민이는 크게 다를 게 없었다. 게다가 생판 남이고 모르는 사람들투성이니 지민이는 더 불안하겠지. 나는 한참을 망설이다가 겨우 입을 열었다.

"미안……."

그 한마디뿐이었는 데도 지민이는 나를 용서했는지 울면서 내 품에 파고들었다. 우리는 한참 동안 서로를 끌어안았다.

이후로 일주일 동안 지민이와 단둘이 있었다. 이은우도 들어오지 못하게 했다. 같이 밥을 먹고, 동화책을 읽어 주고, 덧셈 뺄셈 시험도 보고, 그림도 그리고, 할머니가 준비해 준 재료로 같이 주먹밥도 만들어 먹고, 방바닥에 두꺼운 이불을 깔고 같이 잤다. 과자와 초콜릿을 가운데 두고 할머니가 국수를 얼마나 맛있게 만드는지, 시장 구경이 얼마나 재밌는지, 여행 갔을 때 할머니가 얼마나 좋아했는지 등 할머니에 대한 이야기도 많이 했다.

일주일 후에 양쪽 집 문을 열어 둔 상태로 앞집에서 할머니, 지혜 이모, 사랑이, 이은우가 얼굴을 마주 보며 인사를 하는 것부터 시작해 달달한 떡볶이를 들고 거실에 내려놓거나, 지혜 이모가 만들어 준 스파게티와 이은우가 만든 강아지 모양 쿠키를 할머니가 들고 오기도 했고, 까르르 웃는 사랑이를 품에 안은 할머니가 지민에게 손을 흔들기도 했다.

지민이도 처음에는 내 다리 뒤로 숨었지만, 시간이 갈수록 할머니에게 같이 손을 흔들어 주기도 하고 옹알이하는 아기에게 가까이 다가가 바라보기도 했다. 할머니가 만들어 준 음식을 먹고 나를 따라 엄지를 치켜세우기도 하고, 내가 어렸을 때 그랬던 것처럼 할머니의 두 손가락을 살며시 잡아 보기도 했다.

우리는 노력 끝에 마침내 한 식구가 되었다.

이제 슬슬 밖으로 나가야 할 것 같은데 지민이는 내가 나가려고 하면 여전히 다리를 잡고 놔주지 않았다. 할머니에게는 마음을 열었지만, 좀비들이 돌아다니는 밖으로 나가는 건 무서운 것 같았다. 이은우 앞에서 바지가 내려갈 뻔한 적이 있어서 이제 지민이가 바지를 잡으면 얼른 바닥에 앉았다. 그러면 지민이는 내 다리 사이에 앉아 나를 끌어안았다. 이러는 게 한두 번이 아니라서 새로운 동화책, 크레파스, 색연필, 스케치북을 가져오겠다고 새끼손가락 걸고 약속도 해 봤다.

그래도 소용없자 지민이에게 내가 얼마나 빠른지, 얼마나 오래 달릴 수 있는지, 좀비가 아무리 잘 달려도 내가 다 이긴다며 큰 소리를 쳤다. 내가 하는 말을 들을 때는 고개가 떨어질 것처럼 끄덕이거나 눈에 별이 담긴 것처럼 나를 올려보다가도 나가려고 하면 나를 잡았다. 며칠 동안 약속과 자랑을 반복하고 나서야 겨우 집을 나올 수 있었다.

나가는 김에 지민이네 집으로 내려가 지민이 부모님의 흔적을 찾기로 했다. 핸드폰 번호가 적혀 있는 걸 발견하면 좋겠는데……. 다행히 1층에 좀비가 없어서 쉽게 집 안으로 들어갈 수 있었다. 혹시 안으로 좀비가 들어올까 봐 식탁을 끌고 가 아파트 출입문 앞을 막았다. 계단은 오르락내리락할 수 있어도 식탁 위로 넘어오거나 아래로 기어들어 오지는 않을 테니 괜찮을 것 같았다. 그래도 혹시 몰라 의자로 아래쪽도 막았다.

안방에 들어가 화장대와 서랍장까지 살펴봐도 나오는 건 없었다. 장롱 안 서랍을 열자 전원이 꺼진 핸드폰 두 개가 있었다. 안 쓰는 핸드폰을 버리지 않고 가지고 있던 모양이다. 전원을 켜면 무슨 번호든 남아 있겠지? 핸드폰이 잠금 설정 되어 있지 않길 바라며 잘 챙긴 후 밖으로 나갔다.

마트에 도착해서 지민이가 입을 옷과 스케치북, 색연필, 색종이, 크레파스, 동화책을 챙겼다. 처음에는 사랑이가 쓸 딸랑이도 가져오려고 했는데 위험할 것 같아 대신 촉감책과 누르면 소리가 나는 사운드북을 챙겼다. 혹시라도 눌리면 소리가 날까 건전지까지 다 뺀 다음에 가방에 넣었다.

집에 오면서 작은 손수레를 앞으로 밀며 느릿느릿 걷는 할머니가 눈에 들어왔다. 평소에 파지가 모여 있을 전봇대 아래나 가게 앞이 깨끗한 걸 보고 잠시 멈추더니 다시 천천히 걸어가고 있었다.

어떤 좀비들은 일상생활을 하던 중에 갑자기 증상이 나타나서 그런지, 감염되기 전 행동을 그대로 하는 것 같았다. 저 할머니도 멀리서 보면 착각할 정도였다. 괜히 이상해지는 마음을 애써 무시하고 좀비의 관심이 다른 곳으로 쏠린 틈을 타 달렸다.

집에 와서 사랑이와 지민이에게 가져온 것을 나눠 준 다음에 핸드폰을 충전했다. 충전 후 핸드폰을 켜자 지민이의 가족이 웃고 있는 배경화면이 보였다. 다행히 암호를 입력할 필요가 없었다. 연락처를 누르자 '내사랑'이라고 저장된 번호가 보였다. 바로 전화하려고 통화를 눌렀지만 연결되지 않았다. 생각해 보니 이건 공기계였다. 할머니 핸드폰을 가져와 천천히 번호를 누르자 신호가 갔다. 스피커폰 모드로 돌리고 상대방이 받기를 기다렸다.

"여보세요?"

힘이 하나도 느껴지지 않는 지친 목소리였다. 그걸 듣자마자 그림을 그리던 지민이가 얼른 달려왔다. 숨을 헐떡거리면서도 계속 입술로 엄마를 부르고 있었다. 말을 하려고 노력해도 소리가 제대로 나오지 않는 게 답답한지 인상을 잔뜩 찌푸렸다.

"혹시 지민이 어머니 맞으세요?"

"네! 네네, 제가 지민이 엄마인데요, 혹시…… 혹시 지민이랑 같이 있으세요?"

"네. 지금 옆에 같이 있어요."

"세상에 감사합니다, 감사합니다……. 정말 감사합니다……. 지민이, 지민이 좀 바꿔 주세요!"

지민이가 자신의 가슴을 때리고 입술을 꼬집는 통에 지민이를 부드럽게 끌어안았다. 손으로 한 손씩 잡아 때리거나 꼬집지 못하게 막은 다음에 입을 열었다.

"어어……!"

"지금 옆에 있어요. 그런데 지민이가 말을 못 하는데…… 원래 그랬을까요?"

"말을 못 해요? 지민이가? 지민아, 지민아! 엄마가 미안해, 미안해……. 어떻게든 갔어야 했는데, 엄마가 갔어야 했어……."

핸드폰 너머로 억장이 무너지는 소리가 들렸다. 지민이 엄마가 울자 지민이도 소리 없이 울었다. 어떻게 해야 할지 몰라 지민이를 끌어안고 달래는데 때마침 할머니가 앞집에서 건너왔다.

"할머니!"

"이게 무슨 소란이냐?"

"지민이 어머니랑 통화가 됐는데 울기만 하셔……."

"할머니가 통화해 보마."

"스피커폰이니까 그냥 말하면 들려요."

할머니가 내 옆에 앉아서 헛기침을 했다.

"수진이냐. 나 연희 엄마다. 지금 19층 살고 있는. 누군지 알지?"

"아! 알아요! 세상에, 어머니, 정말 감사해요, 감사합니다!"

"지민이는 잘 있으니까 울지 마. 엄마가 우니까 애도 울잖아. 울다 쓰러지겠어, 응?"

"네, 네, 안 울게요. 지민아 뚝, 뚝 그쳐야지. 아프면 안 돼. 아프지 마, 아프지 마 우리 아기."

지민이는 고개가 떨어질 듯이 위아래로 흔들었다. 어지럽지 않을까 걱정되어 얼굴을 잡아 줘야 할 정도였다.

"어떻게든 태전으로 들어갈 방법을 찾아보고 있어요. 그때까지 지민이 잘 부탁드려요. 뭐든, 뭐든 다 할 테니까, 평생에 걸쳐서라도 꼭 갚을 테니까. 저희 지민이 버리지 말고 잘 부탁드려요."

"걱정 말어. 버릴 거였으면 데려오지도 않았어. 지민이가 여기 와서 밥도 잘 먹고 잠도 얼마나 잘 자는지 몰라. 이거 내 핸드폰이니까, 지민이랑 연락하고 싶으면 전화해."

"감사합니다! 감사합니다!"

어린아이를 혼자 둬서 그런지 목소리가 아주 절절해 코끝이 찡해졌다. 손으로 지민이의 눈물을 닦아 주는데 지민이가 계속 입술만 벙긋하더니 이내 소리를 내었다.

"어어마, 엄마아⋯⋯!"

"지민아! 세상에, 지민아 엄마야, 엄마 여기 있어. 지민이 두고 간 거 아닌 거 알지? 엄마가 우리 지민이 하늘만큼 땅만큼 사랑하고 있어. 사랑해 우리 아기. 엄마가 꼭 갈게. 조금만 기다려. 어른들 말씀 잘 듣고, 착하게 있어야 해. 위험한 일 하지 말고. 사랑해."

지민이가 엄마라고 부를 때마다 일일이 대답해 주고 사랑한다며 한참을 붙잡고 있다가 배터리 부족으로 통화가 끝났다. 핸드폰을 충전기에 꽂은 후 지민이의 엄마 번호와 아빠 번호를 저장했다. 혹시 몰라 노트에 따로 적어 두기까지 했다. 지혜 이모에게도 말하여 이모 핸드폰에도 저장을 했다.

내 핸드폰을 가지러 학교까지 갈 수도 없고. 연락할 사람도 없는 데다가 엄마랑은 할머니 핸드폰으로 연락하면 되니까 불편함은 없었다. 하지만 내 것을 지민이에게 주면 엄마와 통화하고 싶을 때마다 할 수 있으니 핸드폰이 있으면 좋겠다는 생각이 들었다.

지민이는 엄마와 통화를 한 이후로 많이 안정됐는지 조금씩 말을 하기 시작했다. 엄마 아빠가 자신을 버리고 간 줄 알았을까? 연락도 되지 않으니 지민이 부모도 애가 탔겠지만, 지민이도 많이 힘들었을 거다.

지민이가 졸라서 같이 사진을 찍고 나를 아주 멋지게 그린 그림까지 찍어 지민이 엄마에게 전송했다. 할머니의 버튼식 핸드폰이 어색한지 꾹꾹 눌렀다 지우기를 반복하더니 이내 문자를 보냈다. 뭐라고 썼나 봤더니 '멋진 용사 누나!'라고 적혀 있었다. 나는 왠지 부끄러워서 지민의 옆구리를 간지럽혔다. 아이 특유의 높고 맑은 웃음소리가 집 안에 울려 퍼졌다.

7

자신의 엄마를 안심시키던 할머니가 마음에 스며들었는지, 아니면 서로 아는 사이라는 걸 알아서 그런지 지민이는 내가 없어도 할머니를 잘 따르기 시작했다. 이제는 주방에서 할머니, 이은우와 함께 만두를 만들 정도였다. 다행이었다.

육아 퇴근이라는 말을 이럴 때 쓰는 건가. 이은우가 만두를 잘 빚는지 예쁜 자식을 낳겠다는 할머니의 말 소리가 들려왔다. 지민이가 "할머니, 나는?" 하고 또랑또랑 묻는 것도.

나는 만두 안 만들 거야. 몰라. 거실 소파에 누워 채널을 돌리는데 좀비에 대한 소식이 나와서 멈췄다.

"대전을 봉쇄하고 시민들을 격리하며 방역에 힘썼지만, 전국 곳곳 65세 이상 국민만 모아 둔 대피소에서 좀비가 나타나고 말

왔습니다. 다행히 예비 좀비인 노인들만 입소한 요양병원에서 좀비가 나타났기 때문에 빠른 격리 조치가 가능했습니다. 연구소에서는 가족의 동의를 받고 좀비에게 공격당한 사람을 연구 중입니다. 정부는 그들이 어떻게 좀비가 됐는지, 태전에 들린 적이 있는지, 태전 시민과 접촉한 건지 조사 중입니다."

자료화면에는 텅 빈 방 안에서 새하얀 피부의 할아버지가 멍하니 서 있었다. 갈 곳이 생각나지 않아 멈춰 버린 것처럼 보이기도 했다. 한쪽 벽이 투명하게 바뀌며 사람이 보였고, 스피커에서는 말소리가 크게 흘러나왔다. 그러자 할아버지가 반응하기 시작했다. 뻣뻣한 무릎으로 천천히 소리가 나는 곳을 향해 걸어가는 모습만으로는 거동이 불편한 노인인지, 이상증상이 서서히 나타나고 있는 건지, 이미 좀비가 된 건지 아무것도 알 수 없었다.

"65세 이상이며 몸에 증상이 있거나 태전에 머물거나 태전 시민과 접촉한 적이 있다면 즉시 보건소나 병원, 행정복지센터에 신고해 주시기 바랍니다. 각 시에는 65세 이상 시민이 머무를 수 있는 장소가 마련되어 있으니, 혼자 살거나 다른 이의 도움을 받기 어려워진 분들은 자진신고를 하시기 바랍니다. 정부는 사태의 심각성에 따라 65세 이상 국민을 강제적으로 소집하는 방안도 생각 중이라고 밝혔습니다. 가족 중 65세 이상의 사람과 밀접 접촉하는 건 특히 주의하시길 바랍니다."

도시 하나를 폐쇄한다고 해결되는 문제가 아님이 증명되었다. 이 사태가 오래갈 것 같아 걱정이었다. 도시 밖보다 오히려 여기에 있어서 할머니가 안전하다는 사실이 웃기기도 했다. 혹시 이은우나 지민이가 신경 쓰일까 살펴봤는데 뉴스고 뭐고 만두를 빚는 데 집중한 상태였다. 얼른 채널을 돌려 할머니가 좋아하는 트로트 방송을 틀고 볼륨을 높였다. 다시 멍하니 천장만 보고 있으니 옥상이 생각났다. 정신없이 좀비를 유인했을 때는 생각 못 했는데, 옥상이야말로 안전하면서도 해가 잘 드는 탁 트인 공간이었다.

"좋은 생각이 났어!"

나는 자리에서 벌떡 일어나 세 사람에게 다가갔다. 지민이가 만든 건 당연히 티가 확실히 났다. 개나 고양이처럼 보이는 것과 뱀인지 똥인지 모를 무언가를 툭툭 건드리자 지민이가 망가지니까 하지 말라고 소리쳤다.

"지민아 너는 예쁜 자식은 못 낳겠다."

"괜찮아! 누나가 예쁘잖아!"

"내가 예쁜 거랑 무슨 상관이야?"

"누나랑 결혼할 거니까!"

그러자 할머니는 배꼽이 빠져라 깔깔거리고, 이은우도 바람 빠지는 소리를 냈다. 나도 웃으면서 지민이의 머리를 헝클어뜨렸다.

"꼬마 신랑 생겼네. 언제 크냐."

"금방 클게!"

지민이의 말에 또 웃음꽃이 피었다. 그러는 동안 할머니와 이은우는 부지런히 손을 놀려 어느새 만두를 다 빚었다. 할머니야 원래 요리를 잘한다지만 이은우가 만든 만두는 정말 예뻤다. 빵, 쿠키를 잘 만들면 만두도 잘 빚는 건가? 주름 간격도 일정하고 만두소도 잘 분배했는지 터진 게 하나도 없었다.

"너 진짜 예쁜 자식 낳겠다."

"하하, 그러려나. 좋은 생각이 났다며. 뭐야?"

"맞다. 우리 옥상으로 소풍 가자!"

내 말이 끝나기 무섭게 지민이는 소풍소풍 노래를 불렀고 할머니도 들떴는지 재빨리 손을 씻고는 어떤 음식을 챙길지 냉장고를 열었다 닫았다 하셨다. 이은우가 김밥을 말하자 할머니가 냉동실에서 애호박, 당근 등을 꺼내 준비를 했다. 이은우는 잘 빚은 만두를 통에 담아 냉동실 빈 곳에 차곡차곡 넣은 뒤 식탁 위의 식기들을 착착 정리해서 설거지까지 끝냈다. 공부 잘하는 사람은 어떻게 행동하면 효율적일지 생각하면서 움직이나? 조급함이나 서두르는 기색 하나 없이 물 흐르듯 부드럽게 이어지는 동작을 보며 감탄이 절로 나왔다.

할머니는 음식을, 이은우는 뒷정리를 하는 동안 나는 지혜 이모에게도 옥상으로 소풍 가자고 말했다. 밀가루가 여기저기 묻은 지민이를 대충 씻긴 후 옷을 갈아입혔다. 모두가 도시락을 준비하는 동안 나는 먼저 가서 옥상을 확인하기로 했다.

옥상으로 올라가는 기분은 좀비를 유인할 때와 완전 달랐다. 산 정상에 오르거나 목적지에 곧 도착한다는 기대감 같은 게 느껴졌다. 문을 열자 강렬한 햇살이 온몸에 쏟아졌다. 바닥에 칠해진 초록색 페인트가 풀밭처럼 느껴질 정도였다. 베란다에서 보는 것과는 다른 햇살이었다. 안전한 곳에서 평화롭게 온몸으로 느끼는 여름이었다. 선선히 불어오는 바람을 느끼며 가만히 서 있는데 왠지 모르게 눈물이 나올 것 같았다.

예전에는 엘리베이터를 점검할 때 집에 가기 위해 옆 동의 엘리베이터를 타려고 건너던 옥상이었는데, 이제는 마음 놓고 햇살을 느끼며 다 같이 모여 소풍을 즐길 수 있는 유일한 공간이 되었다.

안전을 위해서 옆 동 아파트도 확인하기로 했다. 좀비가 옆 동의 계단을 통해 옥상까지 올라올 수도 있고, 수상한 사람이 이쪽으로 넘어올 수도 있으니 꼼꼼하게 살펴봐야 했다. 집에서 챙겨온 야구방망이를 들고 조심스럽게 내려갔다.

20층부터 18층까지는 아무도 없었다. 조만간 이쪽 아파트도 뒤져서 필요한 물건을 챙겨야 할 것 같았다. 17층에서 조심스럽게 문을 두드리자 안에서 인기척이 느껴졌다. 좀비일까? 침을 꿀꺽 삼키고 문을 다시 두드렸다.

"누구…… 누구 있어요?"

분명 집 안에 누가 있는 것 같은데 대답을 하지 않았다. 야구 방망이로 문을 쿵쿵 두드려도 조용했다. 좀비라면 내 소리를 듣고 다가왔을 텐데 안에서는 아무 소리도 들리지 않았다. 청력이 약한 노인 좀비라 내가 말한 걸 못 들어서 그런 걸까?

"나는 언제 괴물이 될지 모르는 노인이니 그냥 가십시오."

힘은 없지만 정중한 말투와 익숙한 목소리……. 현동 할아버지였다. 주택가에 살고 계신 줄 알았는데 아파트로 이사 오신 걸까? 이럴 줄 알았으면 진작에 이쪽 아파트를 돌아볼걸.

"할아버지! 저 하다예요, 끝순 할머니 손녀딸 강하다!"

"끝순 누님의 손녀라고? 네가 왜? 아니, 아니다. 그냥 가렴. 할아버지는 괜찮으니 가."

"할머니도 무사하세요! 그러니까 문 좀 열어 보세요!"

그러자 문이 벌컥 열리며 현동 할아버지가 보였다. 멀끔하지만 마르고 초췌한 모습에 순간 울컥해서 목이 아려 왔다. 도시가 봉쇄되기 전에 봤을 때보다 많이 수척하고 왜소해진 느낌이었다. 현동 할아버지와 잘 지낼 수 있을지 걱정부터 했는데, 막상 보니 목이 메어 왔다. 제대로 못 드신 탓에 그런 걸 거야. 잘만 드시면 예전 모습으로 돌아오실 거야.

"할아버지, 잠시만 기다리세요. 제가 집에 가서 먹을 것 좀 가져올게요. 문단속 잘 하시고요."

계단을 두 칸씩 성큼성큼 올라 옥상을 가로질러 집으로 달려갔다. 김밥을 싸고 있는 할머니를 뒤로한 채 찬장을 뒤져 도시락통을 꺼냈다. 냉장고 문을 활짝 열어 반찬을 꺼내 담고, 밥은 이미 김밥을 위해 밑간을 한 것 같아서 즉석밥을 챙겼다. 국물도 있으면 좋겠는데 끓여 둔 게 없어서 동치미를 담았다. 정신없이 음식을 챙기는 모습에 할머니가 한 소리 하셨다.

"아이고, 반찬은 죄다 꺼내고 뭐 하는 거야?"

"할머니! 현동 할아버지를 찾았어! 무사하셔!"

"뭐……?"

"내가 옆 동에 가 봤는데, 거기가 현동 할아버지 댁이었어! 할아버지 아직 주택가에 산다고 하지 않았어?"

"진짜…… 진짜로 현동이야?"

"응! 얼굴도 봤어! 살이 좀 빠지신 것 같아서 먹을 것 좀 챙겨 가려고."

"아이고, 아이고……. 세상에, 부처님 감사합니다……. 감사합니다……."

할머니는 입으로 감사하다고 빌면서 손으로는 부지런히 먹을 걸 챙겼다. 이은우는 말로만 듣던 현동 할아버지를 만났다는 소식에 재빨리 할머니를 도와 재료를 준비했다. 할머니는 할아버지에게 따끈한 걸 먹이고 싶다며 어묵탕을 후루룩 끓이고 소불고기도 뚝딱 만들었다. 이은우가 부지런히 옮겨 담더니 도시락 가방에 수저까지 챙겨 주었다.

"가자, 어여 가자."

영문을 모르는 지민이는 어리둥절하게 있다가 가자는 말에 신이 나서 만세를 했다. 지민이도 집 안에만 있으니까 답답했겠지. 이은우에게 지민이를 맡기고 나는 묵직한 도시락을 챙겨 들고 앞장섰다. 한 층이라도 편하게 가시라고 엘리베이터 버튼을 눌렀는데 그 순간도 못 기다리겠는지 할머니는 벌써 계단을 올라가고 있었다.

"할머니 무릎 나가!"

"내 무릎 튼튼해!"

얼른 할머니 뒤를 쫓았다. 계단을 따라 올라오려던 이은우에게 지민이를 챙겨 엘리베이터를 타고 오라고 손짓했다. 할머니는 벌써 옥상에 도착해 있었다. 도시가 봉쇄되고 처음으로 집 밖으로 나왔다는 게 떠올랐는지 잠시 서서 주변을 바라봤다.

"날이…… 날이 좋구나……."

이은우의 손을 잡고 천천히 따라오던 지민이도 옥상에 올라와 할머니의 말을 따라 했다.

"좋구나!"

"그러게, 좋네."

"엄청 좋아!"

말문이 트인 지민이는 어느새 내 손을 잡고서 하늘을 보며 걸었다. 나중에 돗자리를 깔고 누워서 동화책 읽으면 좋아하겠지? 지민이가 반짝반짝 환하게 웃는 걸 보니 나도 웃음이 나왔다. 할머니도 그런 모습을 흐뭇하게 바라보다가 내가 들고 있는 도시락 통을 보고 손을 내밀었다.

"할머니 혼자 가도 되니까 너희는 옥상에서 놀고 있어."

"내가 들어만 줄게. 이은우, 지민이랑 둘이 있어. 갔다 올게."

"응. 갔다 와."

"얼른 와! 같이 놀게!"

지민이가 두 눈을 반짝거리며 내 손을 잡고 앞뒤로 흔들었다. 한 층을 내려가서 엘리베이터를 잡으려다가 좀비가 있는지 확인을 안 한지라 계단으로 천천히 내려갔다. 할머니가 마음이 조급한지 빨리 내려가려고 해서 내가 의사도 없는데 넘어져서 다치면 큰일이라고 몇 번이나 잔소리할 수밖에 없었다.

드디어 1704호 앞. 할머니가 떨리는 손으로 현동 할아버지네 벨을 눌렀다. 그러자 망설임 없이 문이 열렸다.

"끝순이 누나!"

"현, 현동아!"

할머니와 할아버지는 서로를 얼싸안고 흐느끼기 시작했다. 강하게 끌어안았다가 다시 몸을 떼어 상대방의 얼굴을 바라보고, 다시 안았다가 어깨나 팔을 쓸어 보았다. 파르르 떨리는 손길로 서로를 보고 또 보는 모습을 보니 쩡하고 애틋했다. 현동 할아버지가 살아 계셔서 정말 고마웠다. 책임져야 할 사람이 더 늘어났지만 괜찮았다. 내가 조금 더 뛰고 돌아다니면 충분히 먹여 살릴 수 있었다. 비축해 둔 식량도 꽤 있었고. 나는 말없이 도시락을 내려놓고 옥상으로 올라갔다. 지민이와 이은우는 손을 잡고 옥상을 천천히 걷고 있었다.

19층으로 내려가 지혜 이모와 사랑이에게 먼저 올라가라고 한다음 나는 집을 뒤져서 돗자리를 챙겼다. 할머니가 싸고 지혜 이모가 썰어 예쁘게 담은 김밥과 물, 음료수도 보냉가방에 넣었다. 사랑이를 위한 양산도 손에 들었다. 오늘은 햇볕을 즐기기 위한 소풍이지만, 점점 날이 뜨거워질 테니 나중에 햇빛을 가릴 만한 것도 찾아야 할 것 같았다.

다시 옥상으로 올라가니 아무것도 없는데도 이미 소풍이 한창이었다. 지민이는 얌전히 책을 보거나 동요 부르는 걸 좋아했는데, 오랜만에 밖에 나와서 신이 났는지 혼자서 옥상 끝에서 끝까지 뛰어다니고 있었다. 지혜 이모도 사랑이를 안은 채 하늘을 올려다보며 웃었다. 이은우는 옥상 가운데에 서서 지민이가 이리저리 뛰는 걸 바라볼 뿐이었다.

"지민아 더위 먹으면 안 되니까 이제 그만 뛰어! 이리 와서 물 좀 마시고!"

덥긴 더웠는지 내가 건네는 물을 정신없이 받아 마셨다. 돗자리를 펴고 짐을 푸는데 이은우가 가까이 와서 도왔다.

"그늘막 있는 게 좋겠지? 어디에 있으려나."

"우리 집에 원터치 텐트 있어."

"이따가 가져오자. 지민이랑 공놀이하게 공도 챙겨 와야겠어."

"나 못 뛰어."

"다리가 아직도 안 좋아? 병원에 갈 수도 없고……. 고주파 안마기나 원적외선 찜질기 같은 거 가져올게. 아파트 돌아다니다 봤어."

이은우는 아무 대답도 없이 웃었다. 다리가 불편해서 밖에 나가지 못한다는 게 커다란 빚을 진 것처럼 느끼는 걸까. 이은우도 밖에 나가서 필요한 걸 구해 온다면 좋기야 하겠지만, 나 혼자 돌아다니는 게 억울하거나 힘들지 않아서 괜찮은데. 집에서 할머니를 도와 살림도 하고, 지민이가 씻는 걸 돕기도 하고, 빵과 쿠키도 구우며 충분히, 차고 넘치게 도움이 되고 있는데도 부담인 걸까.

175

어떻게 해야 할지 모르겠다.

돗자리에 누워 눈을 감았다. 해가 쨍쨍해서 눈을 감고 있는데도 눈이 부셨다. 살짝 인상을 썼는데 잠시 뒤 구름이 해를 가렸는지 좀 편해졌다. 햇빛에 달궈진 따뜻한 바닥과 선선히 불어오는 바람은 최고의 조합이었다. 나중에 화분 같은 것도 가져다 두면 더 좋을 것 같았다. 저쪽에서 지혜 이모와 지민이가 도란도란 대화하는 게 어렴풋이 들렸다. 잠이 솔솔 올 것 같았는데 갑자기 이은우가 입을 열었다.

"언제까지 이은우라고 부를 거야?"

"뭐?"

"나만 성까지 붙여서 이은우라고 부르잖아."

놀라서 눈을 뜨자마자 커다란 손이 보였다. 해가 구름에 가려진 게 아니라 이은우가 손으로 내 얼굴에 그늘을 만들어 주고 있던 것이었다. 손 너머로 얼굴이 아주 또렷하게 보였다. 맑은 하늘을 배경으로 오로지 이은우만 선명하게 눈에 들어왔다. 아래에서 위로 올려다보는데도 흠잡을 곳 하나 없는, 할머니 말씀대로 윤기가 흐르는 밤톨 같은 얼굴이었다.

"교통사고를 당한 뒤로 뛸 수 없게 되었어. 컨디션이 좋지 않은 날은 걷는 거조차 힘에 부칠 때도 있고."

이은우는 그 말을 시작으로 두런두런 두서없이 이야기를 털어

놓았다. 자신 때문에 부모님이 자주 싸웠다고. 늦은 밤이면 어떻게든 수술을 하고 재활치료를 해서 최대한 멀쩡히 걷게 해야 한다는 의견과 어떻게 될지도 모르는 일에 계속 시간과 돈을 쓰는 게 낭비 아니냐고 하던 의견이 부딪치고 깨지는 소리가 너무 무서웠다고. 그래서 차마 방 밖으로 나갈 수 없었다고 했다.

"내가 우리 집 장손이거든. 할머니 할아버지가 날 무척 예뻐하셨어. 아기 못 낳는다고 구박받았던 엄마가 나를 낳고 엄청 우셨대. 내가 할머니 댁에 가면, 할머니가 나는 손 하나 까딱 못 하게 하고 고기니 과일이니 내 입에 물려 주셨어. 엄마를 도우려고 주방에 들어가면 내가 아니라 엄마를 혼내셨어. 남자애가 왜 주방에 들어가냐고, 그동안 집에서 귀한 손주 부려 먹은 거냐고. 그러면 엄마는 나한테 제발 가만히 있으라고 속삭이고……."

요즘 세상에도 저런 집이 있다는 게 놀라웠다. 내가 눈을 동그랗게 뜨자 이은우의 손이 더 가까이 다가왔다. 내 얼굴에 그늘을 만들어 주는 건지, 자기 얼굴을 보여 주기 싫은 건지 알 수 없었다.

"그런데 내가 사고를 당하니까 온 집안이 난리가 난 거야. 할머니가 날 외면했으면 차라리 나았을까? 우리 손주 불쌍하다고 우시고, 절에 기도드리러 가시고, 몸에 좋다는 거 구해다 주시고……. 내가 이렇게 된 후로 장애인 관련 뉴스가 나오면 더욱 유심히 보시더라. 그런데 항상 부정적인 반응이었어. 권리를 찾기 위해 시위라도 하면 창피한 줄도 모른다고 혀를 차셔. 그러면서 내 밥에 반찬을 올려 주셨지. 내가 밖에서 절뚝거리며 걸으면 똑바로 걸으라고 속삭이셨어. 내가 장애인이 아니라는 듯, 이 상태가 잠깐일 뿐이라는 듯이. 그건 내 의지대로 할 수 있는 게 아닌데도. 게다가 내가 이렇게 된 후 할머니가 엄마를 더 많이 구박하셨나 봐. 엄마 아빠는 하루가 멀다고 싸우는데……. 공부를 잘하면 나아질까 싶어 열심히 공부하고, 집안일을 하고 달콤한 쿠키도 구워드리고 눈치껏 행동하면서 죽어라 노력했거든. 그래도 공부 잘하는 다리병신일 뿐이더라. 내 다리가 멀쩡해지지 않는 이상 소용 없는 거지. 도시가 봉쇄되는 날, 연락도 없더라고. 얼른 도망가야 하는데 나까지 챙길 여유가 어디 있겠어. 우리 부모님…… 충분히 이해해."

슬퍼하거나 화를 내면 차라리 나을 것 같았다. 이은우는 있는 그대로를 가감 없이 말하듯 담담해 보였다. 저렇게 담담해지기까지 얼마나 곱씹었을까? 이은우의 손을 치우고 일어났다. 말은 저렇게 해도 우는 건 아닌가 했는데 눈도 건조했다.

"그러니까 무슨 일이 생겼을 때 날 두고 가도 괜찮아. 난 어차피 남이잖아."

이은우의 말을 들으며 슬프고 놀랐는데, 이제는 화가 났다. 가끔 이은우가 너무 무리해서 할머니를 돕거나, 내 눈치를 보는 것 같았는데 그게 느낌이 아니라 사실이었다니…….

"너, 우리랑 같이 있으면서 힘들었어? 매운 거 못 먹으면서 억지로 먹는 거나, 할머니 도와 식사 준비하는 거 하기 싫었는데 어쩔 수 없이 한 거냐고."

"그런 말이 아니잖아."

"너희 집에서는 그랬을지 몰라도 여기서는 그냥 할머니 예쁨 받는 밤톨이거든. 어떨 때는 나보다 너를 더 예뻐하잖아! 아니 그냥 성까지 붙여 불러서 서운하면 서운하다고 하면 되지, 나만 나쁜 사람 만들고 있네? 내가 싸가지 없어서 못 믿겠으면 조끝순 여사를 믿어. 우리 할머니 성격 몰라? 너 두고 간다고 하면 내 등짝이 남아나지 않을 거라고."

아까까지만 해도 바늘로 찔러도 피 한 방울 안 나올 것처럼 굴더니 이제는 눈물을 참으려고 입술까지 깨문다. 난 못 믿어도 할머니는 믿을 수 있다는 건가 싶어 기가 막히긴 했다.

"가족을 다른 표현으로 식구라고 하잖아. 식구라는 단어가 같이 지내면서 밥 먹는 사람이래. 우리 할머니 옛날에 시장에서 작은 식당을 했었거든. 그때 돈 없다고 하면 그냥 주고, 배고프다고 하면 더 주고 그러면서 사람들 많이 챙겼어. 다들 식구 같은 손님이라고. 가족이라고. 그래서 식당을 그만둔 지금도 이 근처에서 왕언니로 통해. 이 동네에서 오래 살았으면 우리 할머니를 모르는 사람이 없어. 언니, 누님하며 인사한다고. 네가 대학 가면 밤톨이 잘 지내려나? 반찬 좀 보내 줘라, 하실걸. 너, 할머니가 해준 밥 많이 먹었지? 네가 만든 빵이랑 쿠키도 우리 다 같이 먹었고. 그러니까 너도 우리 식구야. 알겠어?"

그러자 이은우의 입에서 바람 빠지는 소리와 함께 눈물이 또르르 흘러내렸다. 자꾸 얼굴로 사람을 홀리려 드네. 한숨을 내쉬며 옆에 있던 휴지를 건네자 손으로 가만히 쥐고만 있었다. 지혜이모는 이쪽의 심각함을 눈치챘는지 지민이를 데리고 잠시 집에 갔다 온다며 눈짓을 했다.

"내가 밖으로 나가면 네가 할머니 잘 보살펴 드리는 거 알고 있어. 안 그래도 어제 너 할머니랑 맞고 쳤는데 네가 할머니 피박 씌운 데다가 쓰리고까지 했다며? 적당히 잃어 주기도 하고 그래라."

이은우가 고개를 끄덕이자 또다시 눈물이 흘렀다. 이은우 손에 있는 휴지를 뺏어 대충 볼을 문질러 줬다.

"알았지…… 은우야?"

"……응."

이은우는, 아니 은우는 눈물을 닦아 주는 내 손을 잡고 살며시 웃었다. 그때였다. 옆 동 쪽에서 문이 열리며 할머니와 현동 할아버지가 나왔다. 죄지은 것도 아닌데 놀라서 얼른 손을 뗐다.

"할머니! 할아버지!"

두 분 다 얼마나 울었는지 눈이 퉁퉁 부었는데도 손을 꼭 붙잡고 환하게 웃고 있었다. 할머니는 현동 할아버지를 쳐다본 후 당당하게 나에게 말했다.

"나, 현동이랑 결혼하련다. 결혼식 올려다오."

"네? 할머니 뭐라고요? 야, 너도 들었어?"

"어……. 결혼식……. 웨딩드레스랑 케이크가 있으면 되나? 케이크는 만들 수 있을 것 같은데……."

은우가 하는 말이 어이없어서 등을 팡 치니 아프다고 몸부림을 쳤다.

"정신 차려! 할머니, 현동 할아버지 만나서 기쁜 건 알겠는데 무슨 결혼식이야!"

"옛날엔 가난해서 너희 할아버지랑 식도 못 올렸다. 현동이랑 결혼할 때는 나도 웨딩드레스 입고 싶어."

"이 와중에 무슨 결혼식이야. 두 분이 좋으면 그냥 살아! 내가 뭐라 안 할게. 아니, 아예 내가 옆집으로 옮길 테니까 둘이 사세요."

옆에서 은우가 등을 콕콕 찌르는데도 아랑곳하지 않았다. 할머니가 점점 화가 치솟는 상태라는 걸 알면서도 어쩔 수 없었다. 웨딩드레스? 웨딩드레스를 어디서 구해? 할머니는 텔레비전이나 어떤 사람이 뭐가 좋다고 하면 사 달라고 하고, 엄마나 내가 입은 게 예뻐 보이면 관심을 보이는 사람이었다. 그렇다고 그걸 어떻게

다 사고 입고 먹고 해. 그것도 도시가 봉쇄되고 좀비가 득실거리는 지금 같은 때 남들이 하고 싶은 건 다 해 보고 싶은 할머니의 욕심이 어이없었다.

"내가 앞으로 살 날이 얼마나 남았다고 그러냐."

할머니를 위해 도시에 남은 내 앞에서 할 말은 아니었다. 할머니의 건강을 위해 홍삼, 흑마늘즙, 각종 비타민을 챙겨 오는 내 앞에서, 수많은 좀비들 사이를 달리는 내내 할머니가 감염되지 않기를 바라는 내 앞에서! 순간 화가 나서 되는대로 말을 내뱉고 말았다.

"할머니. 오는 건 순서가 있어도 가는 건 순서가 없다고 했지. 내가 아무리 별 어려움 없이 나갔다 온다고 해서 밖이 위험하지 않은 건 아니야. 나는 어떻게든 다 같이 살아 보겠다고 노력하는데, 어디에 있는지도 모르고, 먹고 사는 데 필요 없는 걸 구하러 헤매야겠어? 내가 멀쩡히 돌아오니까 쉬워 보여? 내가 밖에서 놀다 오는 거 같냐고."

"하, 하다야……."

"끝순 누님, 진정하세요."

말하면 말할수록 내 얼굴이 굳고, 목소리가 냉랭해지는 게 느껴졌다. 아까 은우에게 우리는 식구고 가족이라고 말한 게 무색할 정도였다. 할머니는 가만히 내 얼굴을 바라보다가 몸을 돌렸다.

"나만 없었으면 이런 일 없었을 텐데……. 당분간 현동이랑 지내마."

그러고는 성큼성큼 옆 동으로 넘어갔다. 현동 할아버지는 내게 괜찮을 거라며 눈짓을 하더니 할머니 뒤를 따라갔다. 양쪽에서 말리는 사람이 없었다면 할머니와 크게 싸웠을지도 모르겠다.

뒤늦게 돌아온 지혜 이모가 인상 쓰는 나를 보다가 은우에게 사정을 듣고서 어색하게 웃었다. 나는 현동 할아버지 집 문밖에 먹을 걸 잔뜩 내려놓고 문만 두드린 채 돌아왔다.

이렇게 감정적인 상태에서 밖으로 나갔다가 사고가 생길지도 몰랐다. 밖으로 나가는 대신 옥상을 꾸미는 것에 집중하기로 했다. 다른 집에 있는 화분의 흙을 모아 옥상에 텃밭도 가꾸기 시작했다. 대파와 양파, 바질 등을 심고, 선인장과 다육식물을 옮겨 심었다. 바퀴 달린 수레로 커다란 화분들을 20층까지 옮기고 천천히 옥상까지 날랐다. 은우가 돕고 싶어 했지만 입을 열면 은우에게도 상처되는 말을 할 것 같아서 말없이 고개만 저었다. 계속 짜증이 들끓어서 잡생각이 나지 않게 몸을 움직이고 싶었다.

옥상을 꾸미는 과정은 쉽지 않았지만, 식물들을 보니 뿌듯했다. 화분이 가득한 베란다만 보아도 좋았는데 그보다 넓고 탁 트인 옥상에 식물들로 꾸며 놓으니 멋진 휴식 공간이 되었다. 텐트도 치고 캠핑용 의자와 테이블도 갖다 놓았다. 열심히 꾸민 공간에서 커피 한 잔을 마셨는데도 계속 기분이 가라앉았다. 며칠째 보이지 않는 할머니도 짜증 나고, 할머니한테 가 보지 않고 미련하게 일만 하는 나 자신에게도 짜증이 났다. 그런 와중에 생리가 시작되었다.

생리 죽어라. 내 기분이 널뛰고 욱한 게 생리 때문이었을까? 왜 스스로 기분을 조절하지 못하는 걸까. 불규칙적으로 하니까 미처 생각을 못했다. 그래도 이유를 알았으니 조심해야지. 생리 진짜 싫다. 점점 아파 오기까지 해 대충 씻고 진통제를 먹고 침대에 누웠다. 몸을 둥글게 말고 약효가 들길 기다리는데 은우가 방으로 들어왔다.

"왜 그래? 어디 아파?"

"어, 생리통."

"아……. 보온 물주머니 해 줄까? 약은 먹었어?"

"……약은 먹었어. 물주머니 해 줘. 초콜릿도."

"조금만 기다려."

은우가 갖다 준 보온 물주머니를 배 위에 대고, 초콜릿을 입에 넣고 천천히 녹여 먹으니 아까보다 덜 아픈 것 같았다. 숨을 크게 들이마셨다가 내쉬었다. 바닥에 앉아 나와 눈을 맞추던 은우가 조심스럽게 입을 열었다.

"지혜 이모랑 이야기해 봤거든. 저번에 네가 어떤 집에 재봉틀 있는 거 봤다며. 괜찮은 옷 같은 거 구해 오면 자르거나 이어 붙여서 웨딩드레스처럼 만들 수 있을 것 같대. 케이크는 내가 만들면 되고."

은우를 빤히 보다가 몸을 돌렸다.

"할머니랑 화해할 거지?

"……할 거야."

"내가 같이 갈 수 있으면 좋았을 텐데, 너한테만 맡겨서 미안해."

"아니라고! 욱해서 그런 거라고! 다 생리 때문이야, 짜증 나 진짜……. 그리고 넌 케이크 만들 거잖아. 각자 할 수 있는 거 하는 거지, 뭘 또 나한테만 맡겨."

내가 투덜대자 뒤에서 작게 웃는 소리가 들렸다. 은우와 어떤 케이크를 만들지, 할머니에게 어떤 드레스가 어울릴지 이야기하다 보니 어느새 잠이 들고 말았다.

8

다음 날, 할머니와 화해를 하기 위해 마트에서 예쁜 여름용 원피스와 남성용 여름 셔츠를 골라 현동 할아버지 집으로 갔다. 문을 몇 번 두드려도 아무 반응이 없어 문 앞에 두고 오려다가, 혹시 두 분이 어디 아프신 건 아닌가 걱정되어 할아버지가 몰래 알려 준 비밀번호를 누르고 안으로 들어갔다.

"할머니? 할아버지?"

현관에 서서 불러도 답이 없었다. 서둘러 집 안을 둘러보았으나 아무도 없었다. 베란다, 화장실, 옥상, 내가 문을 열어 둔 집들까지 다 가 봤지만 어디에도 안 계셨다. 혹시 엇갈렸을까 봐 간 곳을 또 가 보기도 했다. 하얗게 질린 채 땀범벅이 되어 뛰어다니자 은우가 이유를 듣고, 지혜 이모도 알게 되었다. 애들은 은우에게 맡기고 이모와 둘이 찾아다녔지만 두 분은 어디에도 안 계셨다.

우리는 현동 할아버지 집에 모여 앉아 말없이 서로만 바라봤다. 은우는 다리가 아픈지 허리와 다리를 주물렀다.

"아무래도 두 분이 밖으로 나가신 것 같지?"

한참을 망설이던 지혜 이모가 어렵게 말을 꺼냈다. 베란다로 나가 아래를 내려다봤다. 좀비들이 어딘가로 이동했는지 비교적 적은 수만 돌아다니고 있었다. 혹시 저 안에 할머니, 할아버지가 있는 걸까. 아닐 것이다. 우리 할머니가 어떤 할머니인데, 그렇게 쉽게 포기하실 분이 절대 아니다. 주방으로 가 가스레인지 위에 있는 냄비에 손을 얹자 온기가 느껴졌다. 아침을 먹고 나갔다는 뜻이었다. 눈물인지 땀인지 손등으로 닦아 내다가 싱크대에서 세수를 했다. 뚝뚝 떨어지는 물기를 대충 닦고 지혜 이모와 은우에게 말했다.

"할머니 할아버지 찾으러 나갔다 올게요."

"하다야……."

"냄비가 따뜻해요. 멀리 가지 못하셨을 거예요. 현동 할아버지가 저쪽 주택가에 살다가 재개발 예정이라 여기로 이사 왔다고 했어요. 어쩌면 거기 계실지도 몰라요."

"너무 위험해. 너까지 위험해지면 어떡하려고……."

지혜 이모가 나서서 말렸다. 내가 위험하면 필요한 걸 구해 올 사람이 없어서 그러냐는 날카로운 말이 불쑥 솟았지만 참았다. 그동안 지낸 시간이 있으니 지혜 이모는 그럴 사람이 아닌 걸 안다. 자식이 있는 엄마로서 나마저 위험해질까 걱정하는 마음이라는 걸. 단지 내가 예민하게 반응하는 것뿐이다. 숨을 깊게 들이마시고 내쉬고를 몇 번 반복해서 마음을 가라앉혔다.

지혜 이모는 계속 날 말리다가 포기했는지 눈시울을 붉힌 채 집으로 돌아갔고, 은우는 나를 따라 우리 집으로 들어왔다. 지혜 이모와 바통 터치라도 해서 날 말릴 생각인 걸까. 하지만 은우는 아무 말도 하지 않았다. 침묵 속에서 묵묵히 가방에 필요한 걸 담는 나를 지켜볼 뿐이었다. 물, 칼로리바, 소독약, 연고, 붕대. 얇은 겉옷을 입은 후 가방을 메고 몸에 딱 맞게 끈을 조절했다. 현관 앞에 주저앉아 운동화 끈을 다시 묶는데 은우가 입을 열었다.

"집이 어딘지 알아?"

"대략적인 위치만 알아."

"이것도 가져가. 길을 뚫어야 할 수도 있잖아. 할머니만 생각하고 휘둘러야 할 때는 망설임 없이 휘둘러. 조심해야 해. 조급해하지 말고. 주택가면 담벼락도 있을 테니까 그 위로 다닐 수 있으면 올라가고."

"……응."

"갔다 와."

은우는 평소처럼 말간 얼굴을 하고 나에게 말했다. 걱정을 하거나 호들갑을 떨지도, 용기를 주는 것도 아니었다. 그저 내가 물자를 챙기러 나갈 때처럼 덤덤하게 인사를 했다. 그런 은우를 올려보다가 나도 평소처럼 씨익 웃으려 노력하며 손을 흔들었다. 은우도 손을 흔들어 주었다. 나는 은우가 준 야구방망이를 꼭 쥐고 집을 나섰다.

우리 동네는 아파트촌과 주택가가 나누어져 있는데, 주택가는 아주 예전부터 있었다. 집을 짓고 몇십 년 동안 한 자리에 산, 그러니까 도시를 탈출하지 못한 할머니 할아버지들이 엄청 많을지도 모른다는 뜻이었다. 좀비들이 느린 걸음으로 여기저기 돌아다니는 게 아니었다면 그쪽으로 가는 건 엄두도 못 냈을 터였다.

진통제를 먹어서 아픈 건 참을 만했지만, 컨디션이 좋지 않은 건 어쩔 수 없었다. 체력을 아낄 겸 천천히 가고 있는데 저번에 날 도와줬던 태권도장 아저씨가 손을 흔들었다. 주위를 살펴보다가 나를 부른 게 맞냐고 손짓을 하니 머리 위로 동그라미를 그렸다. 가까이 다가가자 아저씨가 입을 열었다.

"행복식당 어머님 손녀, 강하다 맞지? 너 어릴 때 나랑 행복식당에서 같이 색칠 놀이도 하고 병원 놀이도 했었잖아. 처음에 나보고 무섭다고 울더니 내가 잘 놀아 주니까 삼촌, 삼촌 하고 반겨 줬던 거…… 기억 안 나?"

"어렴풋이 나는 거 같기도 하고…… 그런데 무슨 일이세요?"

"혹시 할머니랑 싸웠어?"

"저희 할머니 보셨어요?"

"쉿쉿, 아무리 그래도 목소리를 낮춰야지."

"죄송해요. 저희 할머니 어디로 가셨는지 아세요? 아마 현동 할아버지랑 같이 계실 건데!"

"맞아. 할아버지랑 같이 계셨어. 여기로 모시려고 내려갔었는데 사양하시더라고. 갈 곳 있냐고 물었는데 할아버지가 살던 곳에 간다고 했어. 저쪽으로."

"두 분은 괜찮으셨어요? 어디 다치거나 불편해 보이는 곳은 없었어요?"

"응. 내가 보기엔 없었어. 내가 쫓아가야 했는데 미안하다……."

창문 너머로 어린아이들의 머리가 여럿 보였다. 태권도장에 왔다가 집으로 돌아가지 못한 아이들을 아저씨가 돌보고 있는 것 같았다. 아저씨가 할머니를 붙잡아 주길 바라는, 원망 섞인 바람이 있었는데 아이들을 보니까 다 사라졌다.

"아니에요. 알려 주셔서 감사합니다."

인사를 하고는 태권도장 아저씨가 알려 준 방향으로 달려갔다. 확실히 주택가로 갈수록 어슬렁거리는 좀비들이 많긴 했다. 좀비들은 방향성 없이 이리저리 걷다가 서로 부딪쳐도 부딪친 기색도 없이 동네 산책하듯 그대로 걸어갔다. 아마 이 동네에 살던 분들인 것 같았는데 그동안 봤던 노인 좀비들보다 유난히 약하고 멍해 보였다. 그렇다고 사람에 대한 공격성이 없는 건 아닐 것이다. 어쨌거나 좀비니까.

대부분 담이 있는 집이었지만 철조망을 설치하거나 담 위에 유리 조각을 박아 그 위를 걸어 동네 전체를 돌아다니는 건 무리일 것 같았다. 현동 할아버지가 살던 곳이 초록 대문집이라고 들었던 게 떠올라 담에 올라가 살펴봤지만, 초록 대문인 집이 한둘이 아니었다. 답답한 마음에 담을 조심히 내려와 달리면서 소리를 질렀다.

"할머니! 조끝순 할머니!"

그때였다. 할머니와 함께 미용실에서 파마를 자주 하던 할머니와 마주쳤다. 체구도 비슷하고 똑같은 뽀글 머리를 한 탓에 뒤돌아 있으면 누가 누군지 분간하기 어려웠다. 길고양이에게 밥을 챙겨 주던 할아버지와도 마주쳤다. 여전히 손에는 고양이 사료를 소분한 비닐봉지를 꽉 쥐고 있었다. 어떤 할머니는 아무것도 없는 목줄만 쥔 채 느릿느릿 걷고 있었다. 평소 마주치던 모습과 크게 다를 게 없는데 다 좀비라니. 설마 우리 할머니도…….

"조끝순 할머니! 대답해!"

"하— 다— 야—!"

어디선가 할머니 목소리가 들렸다. 파란 대문집 담 위에서 할머니가 얼굴만 내민 채 손을 흔들고 있었다. 할머니를 향해 달려가는데 내 주변으로 좀비들이 몰려왔다. 대문을 열었다가 좀비가 수로 밀고 들어오면 답이 없을 것 같았다.

"대문 열지 마! 담 넘을게!"

앉으려고 내놓은 건지 버리려고 내놓은 건지 모를 의자를 밟고 담을 넘었다. 가볍게 착지하자마자 하얗게 질린 얼굴로 서 있는 할머니가 나를 끌어안았다.

"할머니! 도대체 여길 어떻게 온 거야! 죽으려고 작정한 거야? 왜 그랬어, 왜!"

눈물이 뚝뚝 떨어졌다. 화가 나면서도 무사한 할머니를 보니 안심이 되었다. 할머니의 주위를 빙글빙글 돌며 상처 난 곳이 없는지 확인했다. 다행히 팔다리 모두 멀쩡했다. 앞에 서 있는 할아버지도 강하게 끌어안고 앞뒤를 확인했다. 늘 긴 바지를 입으시는데 바지에 흙이 묻은 곳도, 긁힌 곳도 하나 없었다. 안심이 되면 될수록 감정이 치솟아 올랐다. 무사한 걸 보고 기쁜데 자꾸만 눈물이 나왔다. 생리 때문에 더 예민하게 반응하는 건가? 감정을 추스르고 싶은데 쉽지 않았다.

"할머니야말로 죽고 싶어서 나온 거야? 결혼식 안 시켜 주니까 같이 죽으려고 했어?"

흐느낌 속에 흘러나간 말에 할머니는 눈물을 흘리면서도 큰소리를 냈다.

"늙어서 주책이라고 할까 봐, 우리 둘이서만 살려고 했다 왜!"

"할아버지 집으로 갔잖아. 거기서 둘이 살면 되지, 왜 밖으로 나오냐고! 좀비들이 얼마나 많은데!"

"할머니 평생 소원이 곱게 입고 결혼식 하는 거였어! 고된 시집살이에 한량 같은 남편은 돈도 안 갖다주지. 죽어라 일만 하는 내가 안쓰러워서, 죽기 전에 하고 싶었다고!"

"차라리 나한테 다시 말을 하지 왜 그랬어!"

화해하려고 했는데 자꾸만 큰 소리로 말하게 됐다. 그건 할머니도 마찬가지였다. 우리는 눈물을 닦으면서도 소리를 버럭버럭 질렀다. 그놈의 결혼식이 뭔지. 엄마 아빠가 이혼한 지 얼마 되지도 않았는데 할머니는 결혼을 하겠다니. 결혼식 올리기 전에 죽고 싶지 않으면 여기서 무사히 빠져나가야 한다고 톡 쏘아붙이고 싶은데…….

아니, 아니다. 실은 결혼식이 원인이 아니라는 걸 안다. 할머니가 아니었다면 내가 이 도시에 남을 일이 없었을 것이고, 내가 위험을 무릅쓰고 뛰어다니지 않아도 된다는 생각에 두 분이 집을 떠났다는 걸 안다. 그때 그런 말을 하면 안 되는데 순간 욱해서 통제가 안 됐다. 할머니에게 정말 무슨 일이 생겼다면 나는 스스로를 용서하지 못했을 것이다. 절대로. 그런데도 지금 또 감정을 제어할 수가 없었다. 안도감과 분노가 뒤섞여 눈물이 터져 나왔다. 옆에 있던 할아버지가 안절부절못하다가 우리 둘을 꼭 끌어안고 나서야 숨을 거칠게 몰아쉬며 입을 다물었다.

"하다야, 끝순 누님이…… 아니 할머님이 겉으로는 표현 못 했지만 속으로 많이 심란해했어. 앞으로는 이런 일 없을 거니까 너무 그러지 마, 응?"

"할아버지도 할머니가 나가자고 하면 말렸어야지 왜 따라나갔어요!"

"현동이한테 뭐라 하지 마!"

"하! 손녀딸보다 할아버지가 더 중요해?"

"내 남편 될 사람이니까 당연하지!"

"진짜 어이없네. 서운하게 생각 안 할 테니까 그냥 남편이라고 해."

"혼인신고를 못 하니까 결혼식 하고 싶었어!"

"그냥 같이 살아도 사실혼이랬어!"

"그만, 그만."

현동 할아버지는 내 손과 할머니 손을 잡고 악수를 시켜 주었다. 할머니의 손에는 온기가 돌고 있었다. 살아 있는 할머니였다.

따뜻한 할아버지였다. 나는 할머니를 따라 나온 현동 할아버지의 사랑이 너무 커서 입을 꾹 다물고 고개만 끄덕였다. 할머니를 얼마나 사랑하면 이 길을 같이 걸었을까. 무슨 마음으로 감염된 노인들 사이를 지났을까. 할머니는 좀비가 되어 돌아다니는 동네 친구분을 보며 어떤 생각을 했을까. 두 팔을 벌려 할머니와 할아버지를 한꺼번에 끌어안았다.

"무사하셔서 다행이에요……."

나는 할머니의 핸드폰을 들고 옥상으로 올라가 지혜 이모에게 전화를 걸었다.

"이모, 저 할머니랑 할아버지 찾았어요."

"진짜? 다행이다, 진짜 다행이야……. 두 분 다 괜찮으셔?"

"네. 다친 곳 하나 없이 괜찮아요."

"너는? 너는 괜찮고? 어디에 있는 거야?"

"저도 괜찮아요. 지금 할머니 친구네 있어요. 혹시라도 돌아가지 못하면……."

"무슨 소리야! 지민아, 사랑아! 하다 누나한테 잘 다녀오라고 응원해 줘."

"누나!"

"우아."

"얼른 와! 보고 싶어!"

"아부부부부!"

아이들의 응원을 들으니 웃음이 나왔다. 정말 무사히, 잘 돌아갈 수 있을 것 같았다. 은우는 지금 우리를 기다리며 맛있는 케이크를 굽고 있다고 했다. 웨딩케이크를 연습하는 걸까. 전화를 끊고 집 주변을 보니 목소리가 담을 넘었는지 좀비들이 몰려든 상태였다. 담 위로 올라가서 움직이면 대문 쪽에 모여 있는 좀비들은 피할 수 있을 것 같은데 할머니 할아버지가 그럴 수 있을지 모르겠다. 두 분은 도대체 어떻게 여기까지 온 건지. 한숨을 쉬며 아래로 내려갔다.

현관문을 여니 뾰로로로 새소리가 났다. 집 안에 들어가자 안쪽에서 끙끙 앓는 소리가 들렸다. 이야길 들어 보니 두 분이 할아버지 집으로 가다가 좀비들이 몰려오는 것 같아서 피신차 찾은 할머니의 친구 집이라고 했다. 집은 축축했고 분위기는 가라앉아 있었다. 할머니가 주방에서 죽을 쑤는지 달그락거리는 소리가 났다. 방으로 들어가 편찮으신 할머니의 머리에 올려진 물수건을 바꿔 주자 할머니가 쟁반을 들고 들어왔다.

"숙아, 죽 좀 먹어. 이거 먹고 해열제 먹자."

할머니가 아무리 불러도 숙이 할머니는 정신을 못 차리셨다. 숙이 할머니 머리맡에는 하얀색 약통이 있었다. 확인하니 '머리 좋아지는 약'이라고 써 있었다. 병원이나 약국에서 살 수 있는 약처럼 보이지는 않았다. 문득 전에 할머니가 통화하던 내용이 스쳤다. 고개를 갸웃하다가 숙이 할머니의 열을 확인하려고 이마에 손을 대려는데 갑자기 숙이 할머니가 이상한 소리를 냈다. 마치 좀비처럼······!

"그르르!"

순간 향수를 바닥에 부은 것처럼 노인 특유의 체취가 아주 강하게 퍼졌다. 방문을 열어 놨는데도 냄새가 방 안에 고여 있는 것 같았다. 강한 냄새 때문에 순간 머리가 어지러워 어떠한 반응도 할 수 없었다. 숙이 할머니가 비명과 함께 입을 크게 벌렸다.

"하— 다— 야—!"

그러자 할머니가 나를 부르며 숙이 할머니 바로 옆에 있던 내 위로 쓰러졌다. 힘주면 밀어낼 수 있을 것 같은데, 그러면 할머니가 날아갈 것처럼 너무 가벼워서 아무것도 할 수 없었다. 숙이 할머니가 손을 뻗었다. 아주아주 천천히. 좀비로 변하는 중이라서 그런 건가? 아니면 지금 이 순간이 다 느리게 느껴지는 건가?

"누— 나—!"

현동 할아버지가 할머니 위로 쓰러져 감싸 안았다. 나와 눈을 마주친 할아버지가 인자하게 웃는 모습이 슬로 모션으로 보였다. 가운데에 있는 할머니는 벌벌 떨면서 내 얼굴을 매만졌다.

"도— 망— 가—."

할머니도 웃으셨다. 차라리 우셨으면 좋겠는데, 한 줌의 미련도 없다는 듯 웃으면서 나보고 도망가라고 하셨다. 할머니 할아버지가 이대로 좀비가 된다고? 나는 맨 아래에서 빠져나오는 대신 팔을 길게 뻗어 두 분을 같이 끌어안았다. 전화로 들은 아이들의 웃음소리와 숙이 할머니가 내는 소리가 뒤섞여 머리가 어지러웠다.

그런데 아무리 시간이 지나도 숙이 할머니가 공격하는 기색이 느껴지지 않았다. 눈을 떠서 바라보자, 숙이 할머니는 아팠을 때보다 더 편안해진 얼굴을 한 채 앞만 멍하니 보고 서 있었다. 나는 할머니의 품 안에서 가만히 숨을 쉬며 숙이 할머니를 바라봤다.

"할머니. 할아버지. 우리 살아 있어요."

"뭐? 이게 무슨……."

"할아버지, 얼른 일어나요. 무거워요."

"어어, 그래. 누님, 일어나세요."

현동 할아버지가 천천히 일어나서 할머니한테 손을 내밀었다. 할머니는 그 손을 잡고 에고고 하면서 일어나 내게 손을 내밀었다. 나도 할머니의 손을 잡고 일어났다. 숙이 할머니를 살펴보다가 옆이 조용해서 고개를 돌리니 할머니와 할아버지가 서로를 가만히 바라보고 있었다. 할머니는 할아버지가 도망가지 않고 할머니를 지켜 줘서 감동한 것 같았다. 나도 마찬가지였다.

셋이 같이 사는 건 불편할 것 같아 그렇게 좋으면 둘이 따로 살라곤 했지만, 막상 할머니가 현동 할아버지 댁에서 지내는 동안 할머니를 뺏기는 것 같아 서운했다. 나보다 할아버지를 더 챙기면 어쩌나 섭섭했다. 그러나 목숨이 위험한 상황에서 할아버지가 할머니를 지키기 위해 몸을 던지는 걸 보며 현동 할아버지를 할머니가 사랑하는 사람으로, 내 할아버지로 생각하기로 했다.

"두 분 다 괜찮으세요?"

"너는 괜찮니? 다친 곳은 없고?"

"괜찮아요."

여전히 할머니가 나를 아주 많이 사랑한다는 것도 알았으니까. 할머니 손을 꼭 붙잡은 채 숙이 할머니를 바라봤다. 숙이 할머니는 그저 가만히 서 있기만 했다. 방 안에서는 노인 특유의 체취가 강하게 났다.

"나이 들면 나는 그…… 특유의 체취가 있으면 공격당하지 않는 것 같아. 나는 할머니랑 같이 붙어 사니까 괜찮은 것 같고."

할머니는 내 말을 듣고 숙이 할머니의 얼굴 앞에서 손을 흔들었다.

"자극하지 마!"

"이거 봐, 정말 가만히 있네……. 내가 늙었기 때문에 좀비가 될 수 있지만, 늙었기 때문에 무사하다고?"

할머니는 마음이 심란한 것 같았다. 할아버지의 옆구리를 쿡 찌르자 할아버지가 할머니를 잘 달래서 방을 나갔다. 나도 두 분을 뒤따르다가 몸을 돌려 숙이 할머니를 바라봤다. 뒹구는 약통을 뒤로 한 채 숙이 할머니는 빛이 꺼진 눈동자를 하고 멍하니 서 있을 뿐이었다.

우리는 숙이 할머니가 거리를 돌아다니지 않도록 현관문을 닫았다. 마당에 서서 어떻게 할지 생각해 봤다. 할머니 할아버지가 무사하다는 걸 알게 되었지만, 대문 밖 우글거리는 좀비 속을 지나가야 하는 건 다시 한번 생각해 볼 문제였다. 정말로 좀비가 공격하지 않는 걸까? 숙이 할머니가 좀비가 되는 중이라서 공격하지 않는 건 아닐까? 지금이라도 두 분을 담 위로 올려 드려야 하는 걸까? 혹시 몰라 내가 먼저 나가려고 했지만 두 분의 만류에 할머니와 할아버지 사이에 손을 잡고 섰다.

"문 엽니다."

할아버지가 앞장서서 대문을 열었다. 문이 열리자 얼굴이 하얗게 질린 좀비들이, 노인들이 보였다. 할아버지가 먼저 나가고 내가 나간 다음 할머니가 나왔다. 할머니가 대문을 쾅 닫자 소리를 들은 좀비들이 이쪽으로 고개를 돌렸다. 심장이 터질 것 같았다. 우리는 나란히 서서 좀비들 사이를 걸었다. 우리에게 집중하는 좀비는 없었다.

할머니는 주위를 둘러보면서 아는 사람들의 이름을 불렀다. 울음이 섞인 목소리에 나는 손가락으로 할머니의 손등을 토닥였다. 슬퍼하는 할머니한테는 미안했지만, 할머니가 좀비가 되지 않아서 마음이 놓였다. 어떤 경로로 좀비가 되고 그 원인이 뭔지 혼란스러웠으나 할머니가 무사한 건 매우 좋은 일이었다.

그동안 달리느라 잘 몰랐는데 좀비들 사이를 걸으니 노인 특유의 체취가 진하게 났다. 우리는 동네를 산책하듯 천천히 걸어 집으로 돌아갔다.

9

현동 할아버지가 할머니 집으로 이사를 왔다. 안방에서 할머니와 할아버지가 다정하게 대화하는 소리를 들으면 괜스레 웃음이 나왔다. 같이 살면 많이 불편할 줄 알았는데 생각보다 괜찮았다. 그동안 지혜 이모, 사랑이, 지민이, 은우와 같이 생활하는데 익숙해져서 그런 것 같았다.

지민이와 함께 은우에게 쿠키 만드는 걸 배워서 굽기도 하고, 주택가 텃밭에서 자라는 상추와 오이를 따와 할머니의 지시에 따라 겉절이를 담그기도 했다. 직접 만든 겉절이와 할머니표 수육을 함께 먹으니 정말 맛있었다. 어른들은 맥주를, 우리는 음료수를 마셨는데 술은 어른에게 배우는 거라며 한 잔 따라 주셨다. 망설이다가 먹어 봤는데 너무 맛이 없어서 눈살을 찌푸렸다. 이런 걸 왜 먹는 거람? 건너편에 똑같이 인상을 쓰는 은우와 눈이 마주 쳐서 웃음이 터졌다.

할머니, 할아버지, 지혜 이모, 은우가 모여 화투를 쳤다. 나는 화투를 칠 줄 몰라서 광 팔고 빠진 사람과 함께 지민이, 사랑이를 돌봤다. 계속 고를 하라고 부추기거나 독박 쓴 사람을 놀리기도 했다. 잠시 화장실에 간 지혜 이모를 대신해 짝 맞추기로 냈더니 그 판을 이기기도 했다. 투고로 이기고 있던 할머니가 어찌나 뿔이 났던지, 다들 깔깔거리며 웃었다.

좀비들 틈에서 살아남는 방법을 알아서 그런지 조금은 여유가 생겼다. 할머니는 옥상에 시시때때로 올라가 식물들을 가만히 들여다봤다. 우리도 덩달아 어제보다 더 짙어지고 어제보다 조금 더 자란 초록색 식물을 보며 즐거워했다. 특히 지민이에게는 좋은 자연학습 놀이터였다. 물뿌리개에 물을 담아 화분 마다 뿌려주고, 이름 모를 씨앗을 심고 어떤 식물이 자랄지 기다리는 일은 즐거웠다. 화분들이 많아져서 지민이가 공놀이를 못 하게 됐지만, 다행히 그보다 책 읽는 걸 더 좋아해 파라솔 아래 앉아 동화책이나 자연도감을 읽었다.

할머니와 할아버지가 옥상에서 데이트를 하며 화분에 물을 주기도 했다. 분위기가 다정한 게 특별해 보였다. 엿듣는 티를 내지 않기 위해 조금 떨어진 곳에 자리를 잡고 책을 읽는 척을 했다.

당연하게도 글자가 눈에 들어오지 않아서 귀를 더 쫑긋 세웠다.

어릴 적 강에서 물놀이했던 이야기, 같은 동네에 살았던 언니가 타지로 시집갔을 때 울었던 이야기, 할머니를 좋아했던 다른 할아버지 이야기, 선본 이야기, 동네에서 장사할 때 만난 진상, 할아버지가 선생님일 때 만난 학생, 어릴 때는 어려웠지만 반듯하게 자라 스승의 날마다 연락이 오는 제자, 라면을 맛있게 끓이는 방법, 옛날에 논밭이었던 곳에 들어선 아파트, 옛날이랑 다를 게 없는 주택가, 새로 생긴 좋은 산책로, 뒷산을 가로질러야 있는 맛집…….

할머니가 소녀처럼 웃었다. 그런 할머니를 바라보는 현동 할아버지의 눈에서는 꿀이 뚝뚝 떨어졌다. 식물과 식물이 액자처럼 겹쳐진 그 사이로 할아버지가 할머니의 손을 슬쩍 잡는 게 보였다. 놀란 할머니가 주위를 둘러보며 몸을 더 작게 웅크렸다. 커다란 식물들 사이에 가려져서 다행히 보이지 않는 것 같았다. 할머니는 다 늙어서 이게 무슨 주책이냐고 하면서도 손을 빼지 않았다. 그러더니 흥이 나셨는지 할머니가 작게 노래를 불렀다. 할아버지도 아는 노래인지 따라 부르자 두 분은 서로 눈을 지그시 바라보며 웃었다.

할머니와 할아버지가 나란히 앉아 있는 걸 보니 눈물이 나올 정도로 행복했다. 세상이 이렇게 변했어도, 나이를 먹었어도 사

랑은 사랑이다. 집으로 돌아와서 결혼식 이야기를 더는 하지 않
으셔서 이렇게 같이 있는 것만으로도 좋아서 그런가 보다 싶었
다. 그러나 이제는 내가 두 분의 결혼식을 원했다. 지금도 행복한
데 결혼식을 올리면 얼마나 행복해하실지, 상상만 해도 좋았으
니까.

할머니와 할아버지에게 깜짝 선물을 준비하기로 했다. 아파트
내부를 돌아다니며 발견한 재봉틀을 15층에 갖다 놓았다. 지혜
이모는 할머니와 현동 할아버지의 몸 치수를 꼼꼼하게 쟀다. 이
모는 할머니가 마음에 들어하지만 사이즈가 맞지 않아 못 입던
원피스를 수선했다. 허리선이 살짝 들어간 복숭아 무늬 원피스는
할머니에게 아주 잘 어울렸다. 현동 할아버지가 눈을 못 떼고 좋
아하는 것만 봐도 알 수 있었다.

나는 밖으로 나와 옷가게를 돌아다녔다. 마트나 슈퍼는 누가
왔다 간 흔적이 있는데, 옷가게는 별다른 흐트러짐이 없었다. 매
우 다급한 봉쇄였기 때문에 문도 닫지 못하고 대피해서 그런지
열려 있는 가게가 많았다. 그러나 웨딩드레스를 만들 수 있는 재
료로 괜찮은지 판단하기 어려워서 드레스에 달면 예쁠 레이스나
베일로 쓸 수 있을 것 같은 레이스 커튼, 부케로 만들어도 괜찮
은 조화를 찾으면 일단 다 15층에 가져다 두었다.

"내가 운전할 수 있으면 좋았을 텐데……."

"뭐라고?"

"어, 아냐. 와, 이 케이크 진짜 예쁘다. 이거 진짜 만들 수 있어?"

"응. 내가 예쁘게 만들게."

은우는 빵보다는 떡이 나을 것 같다며 나에게 이런저런 앙금 플라워 떡케이크 디자인을 보여 줬다. 사진 속에 있는 케이크가 정말 예뻐서, 먹기 아까울 정도였다. 이걸 보면 할머니가 좋아하실 거라는 생각에 웃음이 절로 나왔다.

사랑이 기저귀가 필요해 마트로 가는데 근처에서 사람들을 마주쳤다. 정확히 말하면 나를 기다린 것 같았다. 그게 아니라면 차 안에 있다가 나를 보고 우르르 내릴 이유가 없었다.

"저기, 학생."

자신들이 위험한 사람이 아니라는 걸 알리듯 양손을 든 채 내게 말을 걸었다. 이미 마트에서 많은 걸 챙겼는지 뒷좌석은 꽉 차 있었다. 차를 끌고 왔다면 좀비들을 달고 왔을지도 몰랐다. 내가 뒷걸음으로 물러나며 주위를 살피자 한 아저씨가 입을 열었다.

"쫓아온 좀비들은 없어. 조심스럽게 움직여서 소리가 크게 나지 않았거든."

"무슨 일이시죠?"

"여기 입구 막은 거, 네가 한 거지? 먹을 거 냉동고에 넣은 것도 그렇고……. 그동안 네가 혼자서 마트를 오가는 걸 봤다. 우리랑 같이 갈래? 차가 있으니 식량 구하는 게 훨씬 낫거든."

건장한 아저씨가 말하자 그 옆에 있는 빼빼 마른 아저씨가 고개를 끄덕였다. 내가 경계를 늦추지 않자, 지혜 이모와 또래로 보이는 여성이 입을 열었다.

"자주 오는 거 같던데 다른 사람이랑 같이 있는 거지? 같이 와도 돼. 이런 상황일수록 힘을 합쳐야지. 그리고 사람이 많이 있는 곳일수록 구조대가 먼저 와서 구하려 하지 않을까?"

이 사람들은 뉴스도 안 본 건가, 아니면 최악을 생각하지 않는 건가. 도시 밖에도 좀비가 점점 퍼진다면 과연 우리를 구하러 올까? 말이나 들어 보자 싶어 입을 열었다.

"거긴 몇 명 있는데요?"

"우리 포함해서 열여섯 명이야. 며칠 내로 몇 명 더 합류할 것 같고. 한 명도 빠지지 않고 번갈아 가며 식량 수집하러 나가고 좀비도 잡고 그래. 어려 보이는데 용감하게 좀비 사이를 다니며 식량을 구하는 거 보고 대단하다고 생각했어. 누구랑 있니?"

할머니랑 같이 있다고 하면 어떤 말을 할까? 이 사람들은 좀비를 잡는다고 했다. 그렇다면 65세 이상의 멀쩡한 사람을 발견하면 어떻게 행동할까? 도시 바깥처럼 격리할까? 노인이야말로 좀비에게서 안전할 수 있는 방법인데. 이걸 말하면 할머니를 이용할 것 같아 가만히 있었다.

"혹시 다친 사람이 있는 거야?"

"제가 알아서 할게요. 그냥 가세요."

"어른이 말하는데 버릇없게……."

사람들의 표정이 달라졌다. 무섭게 인상을 쓰는 사람도 있었고, 내가 낯선 사람에게 겁을 낸다고 생각하는지 안쓰럽게 생각하는 사람도 있었다. 나야말로 어이없었다. 나처럼 냉장식품을 냉동고로 옮기는 작업을 하는 게 아니라, 냉동고에 있는 음식만 가져가면서. 내가 먹으려고 숨겨 둔 아이스크림도 이 사람들이 가져간 게 분명했다.

"학생, 우리 이상한 사람들 아니야. 어떻게든 힘을 합쳐 살아야지 않겠어? 그러지 말고 같이 가자."

"괜찮아요."

거절하고 마트로 들어가려는데 사람들이 내 앞을 막았다.

"뭐 하세요?"

"학생은 그동안 많이 모았을 거 아니야. 우리는 열여섯 명이나 된다고. 나머지는 우리한테 양보하는 게 어때? 이쪽은 사람이 점점 늘어날 거라고."

"스무 명이든 서른 명이든 마트에 먹을 거 아직 많아요."

"어허. 우리는 다 건장한 성인남녀라 더 많은 것이 필요하다고."

"죽고 싶어? 얼른 꺼져."

역시 좀비보다 인간이 더 무섭다. 도망치려고 다리에 힘을 주는데 어디선가 요란한 소리가 들리더니 차 한 대가 나타났다. 비키지 않으면 치겠다는 듯 달려오는 바람에 사람들이 겁을 먹고 옆으로 나가떨어졌다. 이때다 싶어 도망가려는데 운전석 창문이 내려가더니 은우가 앉아 있었다. 깜짝 놀라서 눈을 동그랗게 뜨자 은우가 얼른 타라고 손짓했다. 나는 끙끙거리는 사람들을 뒤로한 채 조수석에 올라탔다.

은우가 말없이 출발하자 바로 안전벨트를 메고 뒤를 돌아봤다. 은우가 운전하는 차를 쫓아온 좀비들이 눈앞에 보이는 사람들을 향해 달려가고 있었다. 충분히 도망갈 수 있는 거리인데 겁을 먹은 사람들은 맨몸의 남자를 밀어 넘어뜨리고 차에 올라탔다.

"개새끼들아! 으아아아아!"

예전에 아파트에서 봤던 광경이 재현되고 있었다. 차를 탄 사람들은 남자를 뒤로한 채 빠르게 멀어졌다. 우리도 마찬가지였다. 은우는 입술을 굳게 다물고 앞만 본 채 운전했다. 나도 자세를 바로 한 채 크게 숨을 내뱉었다.

마트에서 한참 떨어진 좀비가 드문 곳에 차를 세웠다. 몇몇 좀비가 방금까지 움직인 차 주위를 얼쩡거리다가 움직임이 없자 이

내 어디론가 사라졌다. 우리는 좀비가 없는 걸 확인하고서 입을 열었다.

"운전할 줄 알았어?"

"할 줄은 알아. 잘 못해서 그렇지."

그런 것치고는 속도를 꽤 내던데, 운전대를 잡은 은우의 손은 바들바들 떨리고 있었다.

"이 차는 어디서 구한 거야?"

"다른 집에서 차 키를 찾아서 모아 뒀었잖아. 혹시나 해서 키를 들고 내려가서 눌러 봤는데 경비실 바로 근처에 있는 차에 불이 들어오는 거 보고 운전해서 온 거야. 네가 조금 더 멀리 가고 싶어 하는 것 같아서 왔는데……. 다행이야. 조금만 더 늦었으면……."

"덕분에 살았어. 고마워."

"나 도움된 거야?"

"엄청. 정말 고마워."

그러자 은우의 눈에 물기가 어렸다. 흘러내리려나 싶었지만, 은우는 눈꼬리를 접고 환하게 웃었다. 저번 대화 이후 괜찮아진 것 같았으나 막상 나에게 실질적으로 도움을 주고 고맙다는 인사를 들으니 매우 기쁜 것 같았다. 나도 은우가 무언가를 해 줄 때마다 그래도 고맙다고 한 것 같은데 진심이 안 느껴졌나? 다음에는 마음을 조금 더 담아야 할 것 같았다.

"그런데 좀비들이 몰리는 것 같은데 괜찮을까?"

"아까처럼 가만히 있으면 다 사라질 거야."

어느새 좀비들이 우리가 탄 차 주변을 천천히 돌아다니고 있었다. 말은 그렇게 했지만 겁이 났다. 살아 있는 인간이 안에 있는지 확인하고 있나? 갑자기 달려들면 어쩌지? 창문이 깨질까? 어디로 도망가지? 전면 유리를 깨려고 하면 뒷좌석으로 넘어가서 문을 열어 앞에 있는 좀비를 쳐야 할까? 그런 다음 바로 차 위로 올라가서 좀비들의 어깨를 밟고 뛰어가면 도망칠 수 있을까? 혹시 모를 상황에 우리는 주위를 살폈다. 어디선가 좀비가 나타났다. 체격이 좋아 보였다. 한 할아버지가 경중경중 뛰어가자 차 주변에 있던 좀비들이 그 뒤를 따라 걸어갔다. 시간이 지나자 좀비들이 사라졌다.

"이제 집으로 돌아가자."

"그러지 말고, 차 탄 김에 백화점에도 가 보자. 할머니 드레스 재료 찾아야지."

은우가 웃으면서 차 시동을 걸고 출발했다. 속도가 빨라져 심장이 벌렁거려 나도 모르게 보조 손잡이를 잡았다. 노인의 모습을 한 좀비를 도저히 칠 수는 없는지 비켜 갈 수 없는 상황에서는 속도를 줄였다. 하지만 보통 좀비들이 앞을 막기 전에 속도를 내어 빨리 지나갔다.

"은, 은우야? 속도가……."

"도착하면 좀비가 또 몰려들 텐데 사라질 거 기다려야 하니까 최대한 빨리 가려고."

속도 계기판을 보다가 눈을 질끈 감았다. 차라리 보지 말자, 나는 모른다……. 그러다가 쾅 소리가 들려 눈을 뜰 수밖에 없었다. 은우를 보자 자신이 아니라는 듯 고개를 내젓더니 손가락으로 한 방향을 가리켰다.

어떤 차가 모여 있는 좀비들을 볼링핀처럼 계속 치고 가는 중이었다. 노인 좀비들은 낙엽처럼 바닥에 우수수 떨어졌다. 죽었을까. 아니, 다시 일어나 움직일 수도 있었다. 내가 무엇을 바라는지 나도 모르겠다. 은우는 그 길로 지나가는 대신 후진해서 방향을 바꿔 돌아갔다. 은우의 손이 후들거리는 걸 보고 잠시 쉬었다 가자고 하려 했으나, 은우가 입술을 굳게 다물고 운전하는 모습을 보고 아무 말 없이 보조 손잡이만 움켜쥐었다.

백화점에 도착해서 도로와 주차장 중 어디에 차를 세울까 고민하다가 주차장에 세우기로 했다. 도로는 너무 넓어서 좀비가 어디로든 다가올 수 있을 것 같기도 했고, 짐을 실으려면 차가 가까운 게 좋았기 때문이다.

불이 켜져 있는 주차장은 환했다. 듬성듬성 아무렇게나 세워진 차들을 피해 백화점 입구와 가까운 곳에 주차했다. 혹시 몰라 차 안에서 기다렸지만, 어떠한 인기척도 없었다. 차에서 내려 엘리베이터 앞에 있는 안내판을 살펴봤다. 백화점 안은 괜찮을까? 자리 잡은 사람들이 있는 건 아닐까? 어쩌면 지하식품 매장만 털리고 그 위로는 괜찮을 수도 있었다.

"봉쇄가 풀리긴 할까?"

"갑자기 왜?"

"생필품이야 필수니까 그렇다고 쳐도, 이건 확실한 도둑질이니까. 넌 여기 있어."

"같이 가자. 혹시 내가 못 뛴다고 그러는 거야?"

"와, 너 그거 나쁜 버릇이다. 같이 가자, 같이 가. 여차하면 내가 너 업고 뛰면 되니까."

그러자 은우의 얼굴이 살짝 붉어지더니 머쓱하게 웃었다. 나도 따라 웃고는 조심스럽게 안으로 들어갔다. 아무도 없는 것 같았다. 지하 3층에서 1층까지 천천히 이동했다.

제일 처음 간 곳은 귀금속 매장이었다. 머리를 맞대고 유리 진열대 위를 살폈다. 이 중에서 제일 예쁜 반지 한 쌍을 골랐다. 지혜 이모가 꼼꼼하게 사이즈를 재 준 덕분에 반지 호수도 알 수 있어 다행이었다.

크고 화려한 것보다는 평소에도 계속 낄 수 있는 반지로 챙겼다. 그래도 보석이 반짝거리는 게 예뻤다. 할아버지 반지에도 작은 다이아몬드가 심플하게 박혀 있었다. 반지 케이스에 잘 담아 은우에게 넘기자, 은우는 메고 온 힙색에 반지 케이스를 넣고 지퍼를 잘 닫았다.

근처 매장으로 이동해 색조 화장품을 챙겼다. 화장은 이모에게 부탁하면 예쁘게 잘해 주실 것 같았다. 화장을 하려면 피부도 좋아야 한다니까 기초화장품도 챙겼다. 이제 여성복 매장으로 향했다. 계단으로 이동할까 하다가 은우에게 최대한 부담을 덜어 주기 위해 에스컬레이터로 이동했다.

"이거 어때?"

"할머니한테 잘 어울리겠다. 챙기자."

"이 원피스에 카디건은?"

"예쁘다. 그것도 챙기자."

백화점 매장이라 그런지 고급스러워 보이는 옷들이 많았다. 매장을 돌아다니다가 이거다! 하는 옷을 발견하고 우리는 걸음을 멈췄다. 은은한 광이 반지르르 나는, 하얀 반소매의 롱 원피스였다. 화려한 장식이 달리지 않아 스몰 웨딩을 하는 사람들이 찾을 것 같은 스타일이었다. 가격표를 보니 전혀 스몰하지 않지만.

"이게 메인이다."

"백화점 오길 잘 했지?"

"응. 엄청. 너 아니었으면 못 왔을 텐데 고마워."

할머니가 입기에는 좀 작아 보이긴 했지만, 지혜 이모가 잘 만들어 줄 거라고 믿었다. 이 옷을 중심으로 그동안 모은 것들을 이어 붙이면 괜찮은 웨딩드레스가 나올 것 같았다. 할머니가 신을 수 있는 낮은 굽의 하얀 구두와 보석이 화려하게 박힌 구두도 골랐다. 할머니에게 필요한 물건들을 쇼핑백에 잘 담아 에스컬레이터 앞에 차곡차곡 모아 두고 이번에는 남성복을 찾아 움직였다. 지혜 이모가 적어 준 사이즈를 참고해서 할아버지에게 맞는 걸 고를 수 있었다.

우리는 할머니와 할아버지가 입을 옷들을 늘어놓고 와이셔츠와 넥타이를 넣었다 뺐다 하며 진지하게 어떤 게 더 어울릴지 고민했다. 아무도 없는 조용한 백화점에서 이런 대화를 하니 기분이 이상했다. 무섭기도 하고 백화점을 우리가 전세 낸 것 같기도 했다.

"카메라도 챙기자."

"카메라?"

"결혼사진도 찍는 거야. 위에 전자 매장이 있다니까 얼른 가자."

에스컬레이터로 가는 은우의 뒷모습을 보니 웃음이 나왔다. 정말 친한 친구가 된 것 같았다. 우리는 카메라까지 챙긴 다음에 백화점을 빠져나왔다. 짐이 워낙 많아서 한 번에 다 옮길 수 없었

다. 양복과 원피스는 구겨지지 않도록 옷걸이째 들고 와서 뒷좌
석 보조 손잡이에 잘 걸었다.

"할머니가 좋아하실까?"

"손녀딸이 골라 준 건데 엄청 좋아하시지 않을까?"

은우는 웃으면서 빠르게 주차장을 빠져나갔다. 이번에도 보조
손잡이를 꽉 잡을 수밖에 없었다.

집으로 돌아와서 모두 힘을 모아 결혼식 준비에 박차를 가했
다. 나와 지민이는 색종이를 오리고 이어 붙여 장식을 만들었다.
지민이에게 할머니와 할아버지의 결혼식에 대해 말을 하면 숨기
지 못하고 말해 버릴 것 같아, 색종이 놀이라고만 했다. 가위질
이 서투른 지민이 대신 내가 색종이를 쓱쓱 자르면 지민이는 둥
글게 말아 풀로 붙였다. 자기 키보다 더 길게 이어 붙인 종이 장
식을 들며 웃는 모습이 귀여웠다. 손으로 찢어서 꽃가루 대신 뿌
릴 걸 만들기도 했다. 지민이는 놀다가 질리면 내 무릎을 베고 누
워 배시시 웃었다. 나는 그런 지민이의 머리를 쓰다듬고 장미꽃
을 접었다. 열심히 연습했지만 예쁘게 만들어지지 않았다. 차라
리 밖에 나가서 조화를 가져오는 게 더 나을 것 같았다.

지혜 이모는 웨딩드레스를 만들고 있었다. 할머니의 사이즈에
맞게 본을 떠서 옷을 가르고 이어 붙이고 레이스와 장식을 달았

다. 나도 옆에서 돕고 싶었지만, 계속 손을 찌르는 통에 내 손가락만 봐도 바느질하는 거 다 들키겠다며 뺏기고 말았다. 다행히 은우가 바느질도 잘해서 지혜 이모를 도울 수 있었다. 나는 그 주위를 얼쩡거리다가 결국 쫓겨나 지민이, 사랑이에게 책을 읽어 줬다.

결혼식 하면 잔치, 잔치하면 음식을 빠뜨릴 수 없었다. 은우는 소불고기와 잡채를 하고 지혜 이모는 설렁탕 팩을 뜯어 고기를 듬뿍 더 넣고 끓였다. 평소 여러 음식을 만들며 두 분이 뭘 좋아하시는지 관찰했다. 두 분 다 질긴 건 잘 못 드시고, 고추장보다 간장 양념을 좋아하셨다. 식성도 비슷하다니, 천생연분인가? 나도 할머니를 위해 제대로 된 요리 하나는 하고 싶었는데 역시 소질이 없었다. 그래도 지혜 이모와 은우가 시키는 잡일을 열심히 했다. 그렇게 우리는 비밀리에 할머니와 할아버지의 결혼식을 준비했다.

옥상으로 올라와 할머니의 결혼 소식을 알릴 겸 엄마에게 전화를 걸었다. 통화연결음을 듣고 나서야 오늘이 평일인 걸, 일하고 있을 시간인 걸 깨닫고 끊으려는데 엄마가 전화를 받았다.

"엄마 곧 회의 가야 해. 무슨 일 생겼어?"

"아…… 엄마 있는 곳은 괜찮아?"

"그럭저럭. 안 그래도 65세 정년퇴직 예정인 사람들은 싹 다 격리 조치되서 회사에 못 나오고, 혹시 모른다고 62세부터는 전부 다 해고했다더라. 이러다 정년이 60세로 내려오겠어. 상황이 이래서 65세 이상인 사람이 있어야 안전하다고 하면 몰매 맞을까 말도 못 했고."

한숨이 절로 나왔다. 태전 바깥 세상에서는 좀비가 왜 생겼는지 조사하는 걸 멈췄는지 관련 뉴스가 안 나온 지 꽤 됐다. 오히려 사람들을 강제로 잡아 가두어 관리하고 있었다. 초반에는 정부의 이러한 태도에 비난하는 뉴스들이 나왔는데, 계속 좀비가 발생하는 바람에 자진 신고하면 다른 가족에게 혜택이 있다는 홍보까지 하고 있었다.

"그 사람들은 어디로 가?"

"글쎄. 한적한 요양병원이나 시설에 보낸다고는 하는데 잘 모르겠네. 좀비가 된 건지, 실험을 하는 건지, 안락사를 시킨 건지 뭔지……. 하다야, 엄마 곧 들어가야 해."

예전이라면 서운했을 터였다. 그래도 엄마도 엄마의 삶이 있으니 수긍하고 체념하고 응원했겠지. 봉쇄 도시에서는 필요한 물건은 그냥 가져올 수 있었지만, 봉쇄 도시 바깥은 분위기가 뒤숭숭하고 물가도 들쑥날쑥해 열심히 벌어야 생계를 유지할 수 있다고 생각하면서 말이다. 이제는 괜찮았다. 생각보다 더 많이.

"엄마, 혹시 현동 할아버지 알아?"

"현동 아저씨? 알지. 할머니 소꿉친구잖아. 왜? 혹시…… 그분도 좀비가 됐니?"

"잘 계셔. 할머니랑 현동 할아버지랑 결혼식 올려 드리려고."

"어머! 세상에, 진짜로? 진짜? 세상에……. 엄마가 첫사랑이라더니, 대단하시네. 사랑이 뭔지, 지긋지긋하지 않나?"

'나를 낳고 키운 것도 엄마에겐 지긋지긋한 삶이었을까' 하는 생각이 습관적으로 들었으나 입 밖으로 꺼내지는 않았다. 우울한 생각 대신 은우에게 한 말을 떠올렸다. 우리는 피는 통하지 않았지만 매일매일 같이 밥을 먹는 식구이고 서로를 생각하는 가족이었다. 나에게는 애정을 주고받는 가족이 있었다.

"하다야, 네가 보기에 할머니 행복한 것 같아?"

"응. 엄청. 할머니는 소녀 같고, 할아버지는 소년 같아."

"그럼 다행이네. 직접 보지 못한 게 아쉬워. 사진 많이 찍어서 보내 줘."

"응. 이만 끊을게. 회의 잘해."

기지개를 쭉 펴고 몸을 돌리자 레이스 조각들을 섬세하게 바느질해 이어 붙이는 은우가 보였다. 어찌나 집중하는지 늘 서글서글 웃던 얼굴에 표정이 지워져 있었다. 깜짝 놀라게 해 주고 싶었지만 할머니의 면사포를 만드는 중이니 참았다. 대신 옆에 누워서 풀내음을 맡았다. 그러다가 나만 이렇게 여유 부리는 게 미안해서 조심스럽게 말했다.

"나도 같이 바느질할까?"

"앗, 바늘에 찔렸잖아. 하다야, 가만히 있으면 안 돼?"

"내가 뭘 했다고!"

10

드디어 결혼식 당일이 되었다. 결혼식에 쓸 만한 것을 더 찾아도 볼 겸 바깥으로 나갔다. 열심히 뛰어다니다가 태권도장 아저씨와 딱 마주쳤다. 할머니한테 들은 얘기도 있고 위급한 상황에서 도움도 여러 번 받았던 터라 이제는 친근했다. 아저씨에게 할머니 결혼 소식을 전했다. 그러자 잠시 기다리라는 말과 함께 사라지더니 돌아와서 무언가를 내밀었다.

"자, 이거 받아. 우리 와이프가 만든 부케야."

연분홍색의 작고 귀여운 장미를 중심으로 이름 모를 하얀색 꽃 몇 송이와 연두색 이파리로 만든 꽃다발이었다. 지혜 이모가 조화로 부케를 만들긴 했으나 확실히 생화의 싱그러움은 달랐다.

"와…… 진짜 예뻐요!"

"그치? 화분에 심어 둔 애들 잘라서 만든 거라 싱싱해."

"그런 꽃을 주셔도 괜찮은 거예요?"

"물론! 오히려 이런 날을 위해 열심히 돌본 것 같다고 기뻐했어. 할머니한테 축하한다고 꼭 전해 드려."

"네! 감사합니다!"

꽃다발을 들고 집에 가서 하늘색 플리츠 스커트와 아이보리색 블라우스로 갈아입고 은우네 집으로 올라갔다. 은우가 말없이 바라보기만 해 조금 불안했다.

"이상해? 뭐 묻었어?"

"아니, 아니야. 되게 예뻐."

"그치? 태권도장 아저씨 아내분이 만들어 주셨대."

나는 부케가 망가지지 않게 의자 위에 조심스럽게 내려놓으며 말했다. 지혜 이모는 15층에서 할머니가 드레스 입는 것을 도와주고 있다고 했다. 은우는 떡케이크 시트 위에 앙금으로 만든 꽃을 올렸다. 은우가 만든 꽃도 연핑크와 하얀색이 메인이라서 부케와 잘 어울렸다. 어쩜 이렇게 딱 맞는 걸 만들어 주신 건지 신기할 뿐이었다.

케이크를 만드는 은우에게서 눈을 뗄 수가 없었다. 꽃이 더 필요하면 즉석에서 손을 획획 움직여 미니 장미를 만들어 냈다. 자기 일에 집중하는 사람이 멋있다는 말을 오늘의 은우를 보며 깨달았다. 이렇게 멋있는데 은우네 할머니는 주방에 들어가지 못하게 하다니 이해할 수가 없네.

"할아버지도 얼른 준비해야겠다. 이따 봐!"

"알았어. 시간 맞춰서 옥상으로 모시고 와."

할아버지한테는 할 게 있다며 옆 동에서 기다려 달라고 했는데, 이유도 모른 채 혼자 계시는 모습이 쓸쓸해 보였다.

"할아버지!"

"하다 왔니? 뭘 하길래 할머니를 못 보게 하는 거니?"

"할아버지, 우리 할머니가 그렇게 좋아요?"

"그럼. 아주 좋지. 끝순 누님을 보면 지금도 설레는걸."

그렇게 말하며 수줍게 웃는 모습이 정말 소년 같았다. 내가 보지 못한 할아버지의 어릴 적 모습을 엿본 것 같아 나도 설레일 정도였다. 시계를 보고 일어나 나갈 채비를 했다. 할아버지는 영문도 모른 채 내게 이끌려 엉거주춤 일어났다.

"할아버지, 이럴 때가 아니에요. 얼른 이거 입고 나와 보세요."

"갑자기?"

할아버지는 내가 건넨 쇼핑백을 들고는 순순히 방으로 들어가셨다. 나는 방문이 닫히자마자 식탁에 화장품을 늘어놓았다. 그래 봤자 남성용 비비크림과 아이브로, 색이 약하게 들어간 립밤뿐이었지만. 어설프게 화장하느니 깔끔한 게 나을 터였다.

할아버지를 기다리는데 긴장이 되어 심장이 쿵쾅거렸다. 좋아
하셨으면 좋겠는데.

"할아버지, 다 입으셨어요?"

"그래, 다 입었어. 근데 말이다, 웬 양복이니? 좋은 옷 같은데."

"날도 좋은데 다 같이 기념사진이나 찍으려고요."

"그러고 보니 영정사진을 찍어 두는 게 좋긴 하지. 이런 상황에
서 장례식을 치를 수 없겠지만 말이다."

"그런 말씀은 하지 말고요!"

문을 열고 나온 할아버지는 무척 근사했다. 하얗게 센 머리카
락과 진한 남색 양복의 조합이 좋았다. 지혜 이모가 할아버지 치
수를 재고 소매와 다리 길이를 수선했더니, 맞춤옷처럼 잘 맞았
다. 의자에 앉혀서 머리도 잘 빗겨 주었다. 퍼프로 볼을 두드리자
할아버지의 눈이 동그래졌다.

"하다야, 이게 뭐니? 지금 뭐 하는 거야?"

"움직이지 말고 가만히 계세요. 저 잘 못한단 말이에요."

다시 입을 열려고 하는 할아버지 입술 위로 손가락을 올렸다.
나는 킥킥 웃으면서 할아버지 얼굴을 가볍게 두드렸다. 답답하고
간지럽다고 하긴 했지만 이건 결혼식 아닌가. 눈썹을 잘 그리지
못해서 빈틈을 연하게 채우기만 했는데 한결 정돈되고 깔끔하며
또렷해 보였다. 가슴 주머니에 아저씨가 따로 챙겨 준 장미 한 송

이까지 넣어 주자 신랑 준비 끝!

"자, 갑시다!"

"어딜 가는 거야?"

"따라오세요!"

우리는 엘리베이터를 타고 20층에서 내렸다. 이제 옥상까지는 금방이었다. 할아버지를 잠시 기다리게 한 다음 옥상 문을 살짝 열었다. 이쪽만 바라보고 있던 은우와 시선이 마주쳤다.

"할아버지, 음악이 들리면 들어오세요."

"이게 무슨 일인지……."

옥상 문을 활짝 열고 후다닥 가운데로 뛰어가서 미리 챙겨 둔 카메라를 들었다. 그러자 은우가 웃으면서 노래를 틀었다. 딴 딴 딴딴 딴 딴딴딴. 밝고 경쾌한 결혼식 노래였다.

"신랑 신부 입장!"

아파트 옥상 입구를 따라 크고 작은 화분들이 나란히 놓여 길을 만들었다. 싱그러운 초록색 식물 사이로 조화를 꽂아 화사함을 더했다. 레이스 커튼을 자르고 이어 붙여 만든 천을 옥상 문이 있는 건물과 건물 사이에 그늘막처럼 쳤더니, 바닥에 반짝거리는 빛 그물이 생겼다. 얼떨떨하게 서 있던 두 분은 우리가 박수를 치며 얼른 나오라고 소리치자 한 걸음씩 내디뎠다.

종이 장식을 단 양쪽 문에서 각각 할머니와 할아버지가 나오고 있었다. 바람이 살랑살랑 불자 할머니의 드레스 자락이 흩날렸다. 지민이는 멜빵바지에 셔츠, 나비넥타이까지 매고 화동 역할을 했다. 열심히 잘라 만든 종이 꽃가루를 뿌리면서 할머니의 길을 알록달록 예쁘게 만들어 주었다.

"할머니 예뻐요!"

"할아버지 멋있다!"

하객은 우리뿐이었지만 그래서 더 진심을 담아 환호하고 소리쳤다. 할아버지는 가까워진 할머니를 보고 얼굴을 붉힌 채 서 있었다. 할머니는 정말 고우셨다. 웨딩드레스는 할머니가 옷을 입고 편하게 숨을 쉴 수 있도록 A라인으로 만들었는데, 매끄러운 재질의 블라우스와 원피스를 조각내어 이어 붙이고 그 선을 따라 레이스와 조화를 달았다. 비즈로 화려하게 수놓은 면사포까지 쓴 할머니는 꽃의 여왕처럼 보였다.

할머니가 감동을 받아 울면 어떻게 하지 걱정했는데 웬걸, 아주아주 환하게 웃으셨다. 이 세상에서 제일 행복한 사람인 것처럼. 그 모습을 본 할아버지는 정신을 차리지 못하고 넋을 놓았다. 우리는 그런 할아버지를 보고는 서로 눈을 마주치며 킥킥 웃고 말았다.

마침내 두 분이 가운데에 모이자 우리는 손이 부서질 것처럼 손뼉을 쳤다. 사랑이도 딸랑이를 흥겹게 흔들었다. 은우가 재빨리 다가와서 나 대신 카메라를 들었다. 나는 가운데에 서서 할머니와 할아버지를 번갈아 보았다.

"이미 검은 머리가 파뿌리가 되었으니…… 그 말은 쓸데없겠습니다."

"말이나 못 하면. 이게, 이게 정말!"

"허허, 이런 걸 준비할 줄은 몰랐는데……."

할머니가 한 대 때리기 전에 입을 열었다.

"할아버지, 아니. 김현동 님은 조끝순 님을 평생 아끼고 사랑하겠습니까?"

"……누나. 끝순 누나. 나는 누나가 시집을 간다는 말을 들었을 때 너무 후회스러웠어. 내가 빨리 내 마음을 말했다면 누나가 내 옆에 있었을까……. 이렇게 다시 만날 수 있어서 무척 기뻤어. 누나는 내 첫사랑이었고, 이제는 내 마지막 사랑일 거야."

진심이 가득 담긴 말에 할머니가 눈물을 글썽거렸다. 할머니가 울기 전에 재빨리 할아버지에게 상자를 전달해 주었다. 은우와 열심히 고른 결혼 반지였다. 할아버지는 당황하지 않고 상자를 열어 다이아몬드가 촘촘히 박힌 반지를 꺼내 할머니에게 내밀었다.

"끝순 누나, 나와 결혼해 주겠어?"

"그럼! 우리 인생 짧다! 앞으로 계속 행복하게 살자!"

할머니는 박력 있게 소리를 지르더니 정작 손을 내밀 때는 바들바들 떨었다. 할아버지도 손을 벌벌 떨면서 할머니의 손을 잡고 반지를 끼워 주었다. 반지가 매끄럽게 손가락을 타고 들어가 자리를 잡았다. 할머니도 남은 반지를 들어 할아버지의 손에 끼워 주었다. 할아버지는 감동했는지 눈이 촉촉해져 있었다. 은우에게 입 모양으로 잘 찍었냐고 묻자 환하게 웃으며 고개를 끄덕였다.

은우가 만든 케이크에 불을 붙여 내밀자, 두 분이 손을 꼭 잡고 얼굴을 맞댄 채 같이 촛불을 껐다.

"결혼 축하드려요!"

"행복하세요!"

"나도 하다 누나랑 결혼할래!"

"넌 더 크면 와라."

빵집에서 가져온 폭죽도 빵빵 터뜨리자 움찔 놀라시더니 환하게 웃었다. 뽀뽀하라고 외치자 두 분은 얼굴을 붉히며 수줍게 입을 맞췄다. 우리는 바구니에 남은 색종이를 할머니와 할아버지에게 뿌렸다. 그러자 내 다리에 달라붙어 결혼하자고 조르던 지민이도 바닥에 흩어진 폭죽 잔해를 주워 양손을 파닥거리며 할머니와 할아버지 주변을 빙글빙글 돌았다.

"아이고, 지민아 어지러워!"

"할머니 어지럽다니까 할애비한테 오렴."

두 분은 정말 행복해 보였다. 아주 많이. 나는 삼각대에 카메라를 놓고 타이머를 맞추고 연속 촬영모드로 설정했다.

"빨리!"

할머니 옆에 서자 할머니가 내 손을 꼭 잡았다. 나는 웃으면서 할머니를 바라봤다. 찰칵찰칵 카메라가 찍히는 소리를 배경으로 흥겨운 트로트가 울렸다. 할머니가 한 곡조 뽑아내자 할아버지가 덩실덩실 춤을 췄다. 그러자 지민이도 노래의 후렴을 따라 부르며 할아버지처럼 팔다리를 흔들었다. 지혜 이모는 사랑이의 손을 잡고 흔들었고, 은우도 내 손을 잡더니 어설프게 나를 돌렸다. 그러자 할머니와 할아버지도 손을 맞잡고 천천히 돌았다. 치맛자락이 꽃이 피는 것처럼 활짝 퍼지고, 웃음소리가 터졌다.

결혼식장은 춤판이 되어 다들 흥겹게 몸을 흔들었다. 바람이 불어오며 레이스 그늘막이 한들거리자 빛 그물도 일렁거리며 우리를 반짝반짝 빛나게 해 주었다. 어떤 고난과 역경이 있다 하더라도 결국에는 모든 일이 잘될 것 같다는 폭죽처럼 보였다.

우리는 사랑으로 뜨겁게 타오르는 여름 한가운데 있었다.

작가의 말

안녕하세요 김청귤입니다.

이번에는 김치 만드는 방법으로 작가의 말을 시작하려 합니다.

할머니의 김장 김치 담그는 방법(열 포기 기준)

양념소 준비물:

고춧가루 한 근(섞어 보고 가감하기), 골파 한 단, 대파 세 개, 양파 세 개, 손가락 세 개 크기의 생강 한 개, 마늘 열다섯 통 갈아 넣기, 무수 한 개 채썰기, 갓 한 단, 멸치액젓 반 병, 찹쌀풀(물을 너무 많이 붓지 않기)

1일차, 저녁 5시쯤 배추를 절구고, 밤 11시쯤 위아래 바꾸기.

2일차, 아침에 배추 씻기. 물이 빠지면 양념 묻히기.

배추를 4등분하기. 우동 대접으로 소금 세 번 물에 풀어서 소금물 만들기. 거기에 덤벙덤벙 담그기. 배추가 절여지면 위의 배추를 아래에, 아래 배추를 위로 바꿔 놓기. 만져 보고 절여진 것 같으면 소쿠리에 꺼내서 배추 대가리 쪽에만 소금 약간 뿌리기. 양념소 버무리고 싱거우면 소금으로 간 맞추기. 배추 대가리 손질해서 버무리기. 고무장갑은 고무 냄새가 나기 때문에 사용하면 안 된다. 비닐장갑은 괜찮다(그렇지만 할머니는 맨손으로 담그세요).

김치 만드는 방법을 저희 할머니한테 여쭤보니, 이렇다고 해요. 방법을 알아도 할머니 손맛은 안 나겠지만요. 할머니 할아버지 두 분이서 이른 포기를 담글 때는 배추를 절이고 새벽 1시쯤에 위아래를 바꾸고 새벽 5시에 배추를 씻어서 아침 먹고 본격적으로 시작하셨대요. 양념소 묻힐 때는 저도 함께하지만요. 밑준비부터 큰일이잖아요. 두 분이 고생하니까 엄마나 저나 그렇게 많이 담그지 마시라, 먹을 만큼만 담그자, 아예 사 먹자며 말리거든요. 그렇지만 할머니는 작년에 김장 김치를 담그고도 올해 열무 물김치, 오이소박이, 겉절이 등을 담가 들고 오셨어요. 할머니 김치, 정말 맛있답니다. 늘 감사하게 먹고 있어요.

예전에 노인과 좀비를 엮어서 생각해 둔 단편이 있었어요. 정부는 좀비만 남았다고 생각하는 동네에 폭탄을 터뜨리는 것에 대한 찬반 투표를 해요. 그러자 좀비가 가득한 동네에 아직 살아 있는 사람이 있다는 걸 알리기 위해 할아버지 할머니들이 동사무소에 투표를 하러 가는 이야기였어요.

이 소재를 가지고 있다가 '한국인은 어디를 가나 김치를 담근다는데 좀비가 사방에 있다면 어떨까?'와 '우리 할머니 김치 엄청 맛있는데! 소설에 쓰자!'가 엮이면서 탄생한 소설이에요. 원래 이 소설의 첫 장면은 하다가 할머니에게 마트에서 뭐 가져오면 되냐고 묻고, 할머니가 김치 담그는데 필요한 재료들을 불러 주는 거였어요. 멸치액젓으로 가져와라, 까나리는 안 된다. 뭐 이러면서요. 하다가 재료들을 가져와 할머니와 함께 김치를 담그면서, 이런 상황에서도 김치를 담그냐며 투덜거리지만 할머니의 김치를 맛있게 먹는 장면이 있었어요. 이때 저희 할머니의 김치 만드는 비법을 쓰려고 했습니다. 할머니께 소설에 필요하다며 김치 만드는 비법을 물어보니 할머니는 뭘 그런 게 필요하냐 하면서도 웃으면서 알려 주셨어요. 그렇지만 작가가 제일 쓰고 싶은 걸 빼야 소설이 전체적으로 완성도가 올라간다는 사실만 다시 깨달았어요…….

저는 작가의 말을 쓰는 게 늘 어렵습니다. 감사 인사만 하면 안 되는 걸까 생각하면서 겨우겨우 썼습니다. 그런데 이번에는 쓰고 싶은 작가의 말이 있었어요. 소설에서는 빠질 수밖에 없었지만 할머니의 김장 김치 담그는 법이요. 이걸 꼭 쓰고 싶었습니다. 그래서 이렇게 작가의 말에 남깁니다. 이다음부터는 다시 어렵네요…….

오랫동안 간직하고 수정하고 삭제하고 다시 쓴 이야기라 애정이 많이 가는 소설입니다. 작가의 말을 쓰는 이 순간도 더 좋은 방향으로 쓸 수는 없었을까 생각하게 됩니다. 마감이 아니었다면 더 오랫동안 붙잡고 있었을지도 모르겠습니다.

이 소설은 강하다와 할머니로 시작해 할아버지, 아기를 낳은 지 얼마 되지 않은 지혜 이모와 사랑이, 다리가 불편한 은우, 보호자 없는 여덟 살 지민이가 만나 가족이 되는 이야기입니다. 재난 상황, 아포칼립스 사회가 되었을 때 이들을 버리는 게 아니라 함께 살아가는 이야기를 쓰고 싶었어요. 또 우리는 모두 아기로 태어나 노인이 됩니다. 나이를 먹는다는 건 피할 수 없는 일입니다. 나이를 이유로 다른 사람을 쉽게 배척하고 있는 건 아닌지에 대해서도 생각해 보고 싶었어요.

까칠한 강하다가 열심히 뛰어다니며 다른 사람을 돕는 것처럼, 나쁜 사람을 만나 인간혐오에 시달리다가도 그럼에도 불구하고 서로를 보듬고 성장하는 것처럼, 작은 선의들이 모여 좋은 방향으로 나아갈 수 있다는 걸 믿습니다.

이 소설을 계약해 준 래빗홀 출판사와 제가 생각하지 못한 방향에서 바라봐 준 이은지 편집자님께 감사를 드립니다. 함께 힘을 내자고 다독이는 동료 작가님들께도 감사드려요.

할머니, 할아버지의 성함에서 한 글자씩 따와 등장인물의 이름을 만들었어요. 맛있는 반찬을 만들어 가져다주시는 순이 할머니, 제가 찾아가면 웃으며 반겨 주시고 다음 책은 언제 나오냐고 묻는 동이 할아버지가 늘 건강하시면 좋겠어요.

저는 염치없지만 아직도 뻔뻔하게 부모님 품에서 글을 쓰고 있습니다. 그런 저를 보듬어 주는 부모님, 많이 사랑합니다. 여전히 동생은 저에게 제가 좋아할 법한 게임을 추천하고, 맛있는 것도 만들어 줘요. 설거지는 제 몫이지만요. 아무튼 동생아 너도 고맙다.

무엇보다 이 책을 읽은 모든 분께 감사드립니다. 가끔은 힘들고 지칠 때가 있겠지만, 그보다 더 많이 즐겁고 행복하시길 바라겠습니다.

감사합니다.

사랑이 가득한 여름 속에서
김청귤 드림

래빗홀YA

달리는 강하다

김청귤 장편소설

초판 1쇄 2024년 8월 20일
초판 3쇄 2024년 11월 27일

지은이 | 김청귤

발행인 | 문태진
본부장 | 서금선
책임편집 | 이은지   래빗홀 | 최지인

기획편집팀 | 한성수 임은선 임선아 허문선 이준환 송은하 김광연 송현경 원지연
마케팅팀 | 김동준 이재성 박병국 문무현 김윤희 김은지 이지현 조용환 전지혜
디자인팀 | 김현철 손성규   저작권팀 | 정선주
경영지원팀 | 노강희 윤현성 정헌준 조샘 이지연 조희연 김기현
강연팀 | 장진항 조은빛 신유리 김수연 송해인

펴낸곳 | ㈜인플루엔셜
출판신고 | 2012년 5월 18일 제300-2012-1043호
주소 | (06619) 서울특별시 서초구 서초대로 398 BnK디지털타워 11층
전화 | 02)720-1034(기획편집) 02)720-1024(마케팅) 02)720-1042(강연섭외)
팩스 | 02)720-1043   전자우편 | books@influential.co.kr
홈페이지 | www.influential.co.kr

ⓒ 김청귤, 2024

ISBN 979-11-6834-220-0 (43810)